LES JAMMABOS

OU LES

MOINES JAPONOIS.

TRAGÉDIE.

(Par Fenouillot de Falbaire d'après (.........)

LES JAMMABOS

OU LES

MOINES JAPONOIS.

TRAGÉDIE.

Dédiée aux manes de HENRI IV,

Et fuivie de remarques hiftoriques.

Sint ut funt, aut non fint.
Et refpondit terra, non fint.

1779.

AUX MANES

DE

HENRI IV.

O toi, le plus grand des rois & le meilleur des hommes, toi dont le nom, cher à l'Europe entiere, fait encore verser des larmes d'attendriffement à tous les François, & réveille dans tous les cœurs le souvenir

du fanatifme des prêtres & des attentats des moines, permets que je te confacre un ouvrage fait contre les moines coupables & les prêtres fanatiques & cruels! Hélas! ta vie, qui étoit pour nous un bienfait du ciel, a été l'époque la plus célebre de leur audace & de leurs fureurs. Si quelque téméraire entreprend de les défendre, & ofe blâmer le but que je me fuis propofé, je ne lui répondrai point, je le menerai au lieu où ta cendre repofe, & je lui dirai : regarde & frémis, ma juftification eft écrite fur cette tombe.

O mon maître! ô mon roi! quel monftre eft donc le fanatifme? Quels cœurs ont donc les prêtres & les moines, puifque tes vertus ni tes bienfaits ne purent les désarmer? Réjouis-toi, ombre illustre! ils ne font plus aujourd'hui tels que ton siecle les a vus. La raison a brisé dans leurs mains les armes qu'ils tenoient de la crédulité & de l'ignorance. Le regne de la superstition est passé, mais les plaies qu'elle fit à ton peuple ne font pas toutes fermées. Il en est une qui saigne encore, une sur laquelle il est tems que la tolérance verse un baume salutaire; & c'est du pied de ta statue que toute la France, tendant avec moi les mains vers le digne Héritier de ton trône, le conjure à genoux de rendre enfin les droits de citoyen à des sujets utiles & paisibles, & de ne plus permettre qu'on perſécute en eux une religion qui nous a donné un Henri IV & deux Sully.

26 Octobre 1778.

PRÉFACE.

PRÉFACE.

Voici la premiere fois que les Japonois sont
mis sur la scene, & j'ai cru que ceux de mes
lecteurs à qui ce peuple est peu connu, seroient
bien aises de trouver dans des notes ce qu'il importe le plus de savoir sur sa religion, son gouvernement, son caractere & ses mœurs.

L'ordre des Jammabos existe encore aujour-
d'hui. Je conviens que ces religieux ne sont pas
précisément tels que je les représente dans ma
tragédie ; mais rassemblant tous les vices des
différens moines du Japon, j'en ai composé le
caractere des Jammabos & des Bonzes, pour
peindre en eux l'esprit monacal de ces contrées
idolâtres. Si l'on m'accuse d'exagération ou de
calomnie, j'en appelle aux jésuites. Ils ont dès
long-tems pris soin de répondre à mes critiques
& de confondre les incrédules. Leurs missionnaires nous attestent qu'en général les prétres &
les religieux Japonois sont avares, fourbes,
ambitieux, inhumains, en un mot, les plus
orgueilleux & les plus méchans de tous les
hommes.

A

On ne devroit point, à ce portrait, préfumer
que ceux qui en font l'objet, puſſent avoir jamais
eu rien de commun avec les miniſtres d'une religion ſainte. Cependant je ſuis contraint d'a-
vouer que la corruption, l'ignorance & le fanatiſme ont quelquefois mis entr'eux des traits de
reſſemblance. Mais mon ouvrage n'en ſera que
plus utile. On rend hommage à la pureté du
chriſtianiſme, en flétriſſant d'un opprobre éternel les membres qui l'ont déshonoré. Dévouer
à l'exécration publique les prêtres ſéditieux &
cruels, les moines impoſteurs ou ſcélérats, c'eſt
avertir la terre du reſpect qu'elle doit aux dignes
paſteurs dont la bienfaiſance égale les lumieres,
& aux pieux cénobites qui, ſéparés de la ſociété,
rempliſſent encore le devoir de la ſervir, &
ſavent par des travaux utiles ou par des vertus
paiſibles lui payer le prix de la protection & des
bienfaits qu'ils en reçoivent.

Peut-être arrivera-t-il auſſi que beaucoup de
gens croiront voir dans cette piece de fréquentes
alluſions à une ſociété fameuſe, dont la deſtruction vient d'occuper & de ſurprendre toute l'Europe. Je n'ai rien à dire ſur les différentes idées
que pourront avoir mes lecteurs. Je laiſſe à ceux
qui voudront faire des applications, le ſoin d'en

apprécier la justesse & d'en montrer la vérité.
Quant à moi, je ne dois répondre au public que
de ce que j'ai dit réellement. Les remarques qui
suivent ma tragédie, s'étendent à un grand nombre d'objets divers, quoique relatifs à mon plan,
& j'y développe clairement mes intentions & mes
pensées. J'ajouterai encore ici que toute espece
de moines qu'on a pu ou qu'on pourra jamais
comparer à mes Jammabos, mérite certainement
d'être anéantie. Si, comme tous les pariemens de
France, tous les souverains de la chrétienté & le
chef même de l'église semblent l'avoir décidé,
les jésuites ont en effet donné lieu à cet affreux
parallele, ils ne peuvent se plaindre de personne,
& l'on ne doit s'étonner que d'une chose, c'est
qu'ils aient existé si long-tems.

A C T E U R S.

TAIKO , *empereur séculier du Japon.*

OKIMAS , *fils ainé* } *de Taiko.*
TAMMA , *second fils* }

AGENIE , *princesse du royaume de Corée , élevée à la cour de l'empereur du Japon.*

ILMAGIS , *premier ministre de Taiko.*

URANKA , *chef des Jammabos , moines du Japon.*

MURAMI , *Bonze renégat , actuellement Jammabos & confident d'Uranka.*

TADNÉ , *suivante d'Agénie.*

Troupe de Jammabos.

Troupe de Coréens.

Troupe de Japonois.

Officiers & gardes de l'empereur.

La scene est à Jédo , capitale du Japon , sur le bord de la mer , dans le palais de l'empereur.

LES JAMMABOS.

TRAGÉDIE.

ACTE PREMIER.

SCENE PREMIERE.

URANKA, MURAMI.

MURAMI.

Voici donc le grand jour où descendant du trône,
L'empereur veut, dit-on, abdiquer la couronne.
Nos autels, notre culte, objet de ses mépris,
Vont être relevés par la main de son fils;
Et le Japon rentrant sous l'empire des prêtres,
Nous régnerons bientôt où régnoient nos ancêtres.
Les prodiges nombreux qu'opere votre bras,
Ont enfin à vos pieds fait tomber Okimas:
L'avantage des ans l'appelle au diadème,
Et l'on va sous son nom vous couronner vous-même.
Mais quel sombre chagrin semble d'un voile épais
Envelopper vos yeux alarmés & distraits?

URANKA.

L'espoir qui t'éblouit, te cache les nuages
D'où mon œil attentif craint encor des orages.

A iij

J'obferve l'empereur, je le vois agité,
Il eft morne, penfif, j'en fuis épouvanté.
En vain à me flatter il force fon courage,
Mon pouvoir l'y contraint, il me hait davantage ;
Et ce fceptre fatal, dont il va difpofer,
En fortant de fa main peut encor m'écrafer.
A l'ainé de fes fils avant qu'il le remette,
Peut-être que Taiko prétendra qu'il l'achette
Par un lâche abandon, un facrifice affreux
De fa religion, de nous & de nos dieux.
Eft-il quelques forfaits que dans le rang fuprème
On ne penfe couvrir avec le diadéme ?
Okimas tiendra-t-il contre un prix fi flatteur ?
Mais quand l'ambition fe tairoit dans fon cœur,
L'amour nous y trahit ; il adore Agénie
Qui, de Confucius fuivant la fecte impie,
Va pour dot aujourd'hui porter à fon époux
L'empire de Corée & fon mépris pour nous.
Songe encore à Tamma, Tamma dont l'ame altiere
Brave en moi l'ennemi que craint au moins fon pere.

MURAMI.

Qu'importe de Tamma la haine & le courroux ?
Ils feront impuiffans, fi fon frere eft pour nous.

URANKA.

Il m'a fait en ces lieux ordonner de me rendre,
Et je vais voir enfin ce que j'en dois attendre.
Je ne fais fi pour nous fon cœur voudroit changer ;
Mais s'il l'ofoit....

:

MURAMI.

Eh bien, il faudroit nous venger.
Le ciel entre vos mains n'a-t-il pas mis ſa foudre?
Quoi, ſeigneur, les rochers par vous ſont mis en poudre,
Les arbres en éclats volent à votre voix,
De ſon ſein embraſé la terre entend vos loix,
Et vous ne pourriez pas, entr'ouvrant ſes abimes,
Par un miracle utile y plonger vos victimes?
Mais quand les cieux pour vous ne s'ébranleroient pas,
A leur défaut, ſeigneur, n'aurez-vous pas nos bras?
De tous les Jammabos chef ſaint & redoutable,
Vous commandez en dieu ſur ce corps formidable,
Et ſous vous à la fois pontifes & ſoldats
Nous vous ſuivons au temple, ou volons aux combats.
Parlez, & dans l'inſtant nos mains obéiſſantes
Vous feront à l'envi mille offrandes ſanglantes.
Jamais impunément fut-on nos ennemis?
Mais ſi c'eſt peu des bras à vos ordres ſoumis,
S'il en faut d'étrangers, dans un beſoin extrème
Vous pourrez avec nous armer les Bonzes mème.

URANKA.

Toi qui fus de leur corps, & qui n'en es ſorti
Que pour entrer ſous moi dans un meilleur parti,
As-tu donc oublié quelles haines fatales
Diviſent de tout tems nos deux ſectes rivales?
Ils ſuivent Siaka, nous ſervons les Camis;
Notre culte, nos dieux, tout nous rend ennemis;
Tout allume entre nous une éternelle guerre,

A iv

Et souvent notre sang a fait rougir la terre.

MURAMI.

Ils sont nos ennemis ; mais de Confucius,
De tous ses sectateurs ils le sont encor plus.
De ce vil philosophe adoré dans la Chine,
Taiko, pour nous confondre, apporta la doctrine.
Sappant également toute religion,
Elle ordonne aux mortels d'user de leur raison,
De n'avoir que leurs cœurs pour docteurs & pour maitres,
De vivre vertueux, & de braver les prêtres.
Les bonzes plus que nous se sont vus avilis ;
La pauvreté, pour eux pire que le mépris,
Est venue à sa suite ; & des fureurs nouvelles
Leur faisant oublier nos antiques querelles,
Ce sont eux aujourd'hui qui s'offrent par ma voix,
Pour nous venger ensemble, à marcher sous vos loix.

URANKA.

De la réunion que leur secte desire
Je conçois l'avantage, & j'y pourrai souscrire.
Oui, si de dieux divers ministres opposés,
Partageant entre nous les peuples divisés,
De cultes différens nous leur donnons l'exemple,
L'intérêt est un dieu qui pour nous n'a qu'un temple.
On peut à ses autels changer sans s'avilir :
Pour perdre l'empereur cessons de nous haïr,
Et plus prudens enfin, lançons au diadème
Les traits qu'en nos débats nous perdions sur nous même.
Car je touche au moment qui fixe mes destins ;

Le glaive eft fur ma tète, ou le fceptre en mes mains.
Vois comme autour de nous tous les efprits fermentent;
Avec nos partifans nos ennemis s'augmentent.
Peut-être ici bientôt faudra-t-il qu'Uranka
Frappe un coup dont au loin la terre tremblera,
Et je n'aurai jamais d'un plus affreux prodige
Epouvanté ces lieux.

MURAMI.
  Notre intérèt l'exige.

URANKA.
Mais je voudrois d'abord apprendre quel fuccès
Ont eu chez les Chinois mes envoyés fecrets.
La confpiration, dont j'y jetai le germe,
S'ils l'ont fu fomenter, doit toucher à fon terme.

SCENE II.

URANKA, MURAMI, un autre JAMMABOS.

LE JAMMABOS, à Uranka.

SEIGNEUR, deux Jammabos avec art déguifés,
Et que méconnoitroient vos yeux mème abufés,
Arrivent, l'un de Chine, & l'autre de Corée.

URANKA.
Leur préfence au Japon doit refter ignorée.
As-tu leurs lettres? — Donne, & va veiller fur eux.
 (*Le Jammabos donne des lettres à Uranka,*
   & fe retire.)

SCENE III.

URANKA, MURAMI.

URANKA, *ouvrant les lettres.*

ON ne vient point encore ; ouvrons.

MURAMI.

Quoi ! dans ces lieux ?
Si l'on vous furprenoit ?

URANKA.

Un chiffre inexplicable
Couvre ici nos fecrets d'un voile impénétrable,
Et dans toute autre main ces écrits parvenus
N'offriroient aux regards que des traits inconnus.
J'approuve cependant ta fage prévoyance.
Il ne faut point ici donner de défiance,
Et je fors un moment. Je vais quelques inftans
Parcourir à l'écart ces papiers importans.

SCENE IV.

MURAMI *feul.*

ILS ne renferment pas l'intéreffant myftere
Des prodiges affreux que nous te voyons faire.
Voilà le grand fecret que je veux pénétrer,
Et le feul qu'à ma foi tu craignes de livrer.

Quoi! ne pourrai-je enfin, habile à le furprendre,
Jufqu'au fond de ton cœur parvenir à defcendre?
Des Bonzes vainement abandonnant la loi,
J'ai feint de les quitter, pour m'attacher à toi;
De cet ordre chéri, dont je fuis l'émiffaire,
Tu me crois dès long-tems le plus grand adverfaire:
Admis à tes confeils, je me vois à préfent
De tous tes noirs projets l'intime confident,
Et ne puis découvrir par quel art, quels preftiges,
S'operent à nos yeux ces prétendus prodiges
Qui, faifant devant toi trembler tous tes rivaux,
Ont élevé fi haut l'ordre des Jammabos.
Il te doit fa grandeur, il te doit fa puiffance;
Puiffe le mien un jour me devoir fa vengeance!
J'ofe au moins l'efpérer. Ne nous rebutons pas.
Quand le piege eft par-tout attaché fur nos pas,
Arrive tôt ou tard l'heure que l'on y tombe.
Mais à toute heure auffi je marche fur ma tombe.
Du perfide Uranka l'œil eft fi pénétrant!
Si le foupçon entroit dans fon cœur défiant,
Le fer ou le poifon, dont il fait trop l'ufage,
M'auroient rendu bientôt victime de fa rage.
Je frémis quelquefois des dangers que je cours :
N'importe, s'il le faut, facrifions mes jours.
Je fuis bonze, & je veux, aux dépens de ma vie,
Immoler à ma fecte une fecte ennemie.

SCENE V.

MURAMI, URANKA.

URANKA.

L'EMPEREUR de la Chine eſt demain détrôné,
Et par deux Jammabos doit être aſſaſſiné :
Son neveu lui ſuccede, &, pour nous plus propice,
Permet qu'en ſes états mon ordre s'établiſſe.

MURAMI.

Songez que les lettrés y ſont nos ennemis.

URANKA.

Je prétends que par-tout ils ſoient anéantis.
Celui de Taïven, philoſophe ſauvage,
Qui contre nous, dit-on, compoſoit un ouvrage,
Fut hier poignardé.

MURAMI.

L'on nous ſoupçonnera.

URANKA.

On ne peut nous convaincre, & l'exemple effraira.
D'ailleurs le mandarin eſt pour nous plein de zele ;
Sa femme le gouverne, & nous diſpoſons d'elle,
On peut compter ſur eux. Mais écoute & frémi.
Le gouverneur d'Ava, le prince Iſanami,
Dont je croyois pour moi l'amitié véritable,
Me porte au fond du cœur une haine implacab'e.
Le jour qui précéda la fête d'Amidas

A trois de ſes amis il dit dans un repas
Que, du gouvernement s'il tient jamais les rênes,
Il jure notre perte & me garde des chaines.
C'eſt à toi de les craindre, & bientôt tu verras,
Ingrat, que j'ai par-tout & des yeux & des bras!
Au reſte nous avons dans l'isle de Corée
Des partiſans nouveaux, dont la foi m'eſt livrée,
Et qui, ſecrétement à mon ordre agrégés,
Sont tous à m'obéir par leurs vœux engagés.
J'en tiens ici la liſte, & j'y vois avec joie
Les nombreux défenſeurs que le ciel nous envoie.
Nos tréſors avec eux ſemblent s'accroitre auſſi.
Ce célebre habitant des rives d'Aömi,
Qu'envers tous ſes parens nous aigriſſions ſans ceſſe,
A fait un teſtament qu'a dicté notre adreſſe :
Il nous legue ſes biens.
                    M U R A M I.
                    Nous attendrons long-tems.
Seigneur, il eſt encore à la fleur de ſes ans.
                    U R A N K A , *ſouriant.*
Le ſoir il étoit mort, & ce riche héritage
A dès le lendemain été notre partage.
Mais Okimas paroit. Sors, & n'entreprends rien
Que nous n'ayons enſemble un nouvel entretien.

✳

SCENE VI.

URANKA, OKIMAS.

OKIMAS.

Mon pere, de l'empire abandonnant les rênes,
Va les mettre en des mains plus jeunes que les siennes.
Cet honneur me regarde, & son attrait flatteur
Jamais, cher Uranka, ne corrompra mon cœur.
Pour mes dieux & pour vous rempli du même zele,
Je vous ferai monter au trône où l'on m'appelle,
Et je veux de mon sceptre étayer vos autels.
O vous, puissans Camis, esprits purs, éternels,
Vous qui, tout à la fois nos dieux & nos ancètres,
Autrefois du Japon fûtes les premiers maîtres,
Revenez y régner, & souffrez que mon bras
A vos loix de nouveau soumette ces états!
Mais où va mon audace! insensés que nous sommes!
Les dieux ont-ils besoin d'être aidés par les hommes,
Et le mortel doit-il leur offrir un appui
Fragile, indigne d'eux, & foible comme lui?

URANKA.

Quand il le veut sans doute, arbitre du tonnerre,
Le ciel peut se passer du secours de la terre.
Mais, pour récompenser ou punir les humains,
Il permet qu'ici bas ils fassent leurs destins.
Quand il a de nos cœurs éclairé l'ignorance,
D'une oisive vertu sa justice s'offense.

Des prodiges, feigneur, ont deffillé vos yeux ;
N'eft-ce qu'en les priant que vous fervez nos dieux ?

O K I M A S.

Eh bien, je jure donc de m'armer pour leur gloire,
De forcer tout mon peuple à les fuivre, à les croire.
Vous conduirez mon glaive, & ma docile voix
Ne fera que dicter vos arrêts & vos loix.   .

U R A N K A.

Pourrez-vous, dans les bras de la belle Agénie,
Ne point trahir des dieux dont elle eft ennemie ?
Ah ! l'ivreffe des fens, votre amour, fes appas
Vous égarant bientôt . . . .

O K I M A S.

Non, ne le croyez pas.
Mais, pour mieux aujourd'hui diffiper votre crainte,
Je veux qu'un nouveau nœud, qu'une union plus fainte
M'attache encore à vous. On dit que quelquefois
Vous avez à votre ordre affocié des rois.

U R A N K A.

Quelques-uns ont jadis brigué cet avantage,
Et les faveurs du ciel devinrent leur partage.
A la gloire des dieux leur regne confacré,
Sur la terre à jamais fe verra célébré.

O K I M A S.

Je demande de vous, j'attends la même grace ;
Et puiffe auffi mon nom mériter qu'on le place
Sur vos faftes facrés ! Dans une heure en ces lieux
Revenez m'adopter & recevoir mes vœux.

De vos principaux chefs une troupe choifie
Doit fans doute affifter à la cérémonie ;
Mais il faut que mon pere, encor pendant un tems,
Ignore, s'il fe peut, ces faints engagemens.
La princeffe paroit. J'apperçois à fa fuite
Des peuples de Corée une nombreufe élite
Qui, pour voir fon hymen, a traverfé les mers,
Et d'acclamations fait refentir les airs.
Allez, cher Uranka, quelqu'amour qui m'enflame,
Entre Agénie & vous je partage mon ame,
Et defire ardemment que, partageant ma foi,
Mon amante à vos pieds penfe un jour comme moi.

SCENE VII.

OKIMAS, AGENIE, TADNÉ,
troupe de CORÉENS.

AGÉNIE.

SEIGNEUR, je vous préfente avec quelqu'affurance
Un peuple qui jadis vous dut fa délivrance.
On aime toujours ceux qu'on combla de bienfaits,
Et l'on fe plait à voir les heureux qu'on a faits.
Mes fujets, comme moi, victimes des Tartares,
Seroient encor fans vous en proie à ces barbares.
Avec joie aujourdhui les Coréens vont tous
Dans leur libérateur révérer mon époux,
Et d'avance à vos pieds apportant leur hommage,

Ont

Ont voulu de leur roi voir l'augufte vifage.
Allez, peuple fidele, & foyez à jamais
De votre bienfaiteur les vertueux fujets.
Chériffez Okimas comme votre princeffe,
Béniffez notre hymen, & que, pleins d'alégreffe,
Quand j'irai dans le temple en ferrer le lien,
Tous vos cœurs à l'autel accompagnent le mien.

SCENE VIII.

OKIMAS, AGENIE, TADNÉ.

OKIMAS.

Il brille donc enfin, belle & tendre Agénie,
Ce jour tant fouhaité, le plus beau de ma vie !
Au gré de mes defirs, jufqu'à ce doux moment,
Le tems ne couloit pas affez rapidement,
J'accufois fa lenteur : qu'à préfent il s'arrète,
Pour fixer l'aftre heureux qui luit fur notre tète !
Puiffent toujours vos feux répondre à mon ardeur,
Et ma félicité faire votre bonheur !

AGÉNIE.

Seigneur, depuis long-tems je vous ai laiffé lire
Dans un cœur dont l'hymen vous deftinoit l'empire.
La politique en vain prétendroit nous unir,
Si l'amour à fes loix n'avoit fu m'affervir.

OKIMAS.

Ah, fans doute mes dieux, récompenfant mon zele,

B

M'en font payer le prix par une main fi belle!
Des Camis chaque jour j'éprouve la faveur.
C'eft vainement qu'ils font blafphémés par l'erreur,
Que, foulevant contre eux fa raifon téméraire,
L'incrédule ofe ici leur déclarer la guerre.
Ma foi, ma piété croit avec leurs bienfaits;
Puiffe leur grace encor pénétrer de fes traits
Et foumettre le cœur de celle que j'adore!
Oui, pour vous, ma princeffe, ici je les implore;
Oui, tous les jours au ciel je demande inftamment
D'opérer dans votre ame un heureux changement;
Et je vais préparer un nouveau facrifice,
Qui pourra l'obtenir de fa bonté propice.

SCENE IX.

AGENIE, TADNÉ.

AGÉNIE.

TRISTE prévention! étrange aveuglement!
O perfide Uranka! jufqu'à quand mon amant
Portera-t-il le joug dont ta fatale adreffe
Accable infolemment fa crédule foibleffe!

S C E N E X.

AGENIE, TADNÉ, TAMMA, ILMAGIS.

T A M M A.

Madame, il faut enfin déployer à vos yeux
Ce cœur que tyrannise un amour malheureux.
Okimas vous adore, Okimas fut vous plaire;
Je ne murmure point du bonheur de mon frere,
J'aime aussi mon rival. Vivez, régnez en paix
Dans des lieux dont je dois m'éloigner pour jamais!
L'hymen va vous unir, mon pere vous couronne,
Des marches de l'autel vous monterez au trône;
Et moi, dès qu'à vos pieds de la soumission
J'aurai donné l'exemple aux peuples du Japon,
Que vous aurez reçu mes vœux & mon hommage,
Je fuirai pour toujours un dangereux rivage,
Où mes feux, dès demain trop indignes de nous,
Pour moi feront un crime, un outrage pour vous.

A G É N I E.

A ce triste discours justement confondue,
Je voudrois dérober mon trouble à votre vue.
Que puis-je vous répondre? Hélas! depuis long-tems
Vous connoissez, seigneur, mes secrets sentimens.
Je ne m'en défends pas : oui, j'aime votre frere.
Ses bienfaits, mon penchant, les vœux de votre pere,

Tout lui soumit mon cœur. Quand au bruit de mes fers,
L'empereur attendri daigna passer les mers,
Okimas le suivit, & son jeune courage
Fit pour moi des hasards l'affreux apprentissage.
Dieux! j'avois vu mon pere & les miens massacrés
Par des brigands cruels, de carnage altérés.
Déjà j'étois aux fers, & d'un vainqueur sauvage
La fille de vingt rois subissoit l'esclavage,
Quand Okimas parut. C'est lui, je m'en souviens,
Qui d'un bras tout sanglant vint m'ôter mes liens.
Vous avez vu depuis avec quelle tendresse
Taiko dans ce palais éleva ma jeunesse;
Et son choix d'Okimas favorisant l'amour,
Mon cœur s'est, par son ordre, engagé sans retour.

TAMMA.

Pourquoi trop jeune encor, sur les pas de mon pere
Ne pus-je pas alors marcher avec mon frere?
Peut-être... Mais du sort il faut subir les coups :
Qu'au moins, en vous perdant, je sois digne de vous!

AGÉNIE.

J'estime vos vertus, j'aime votre grande ame.
Etouffez, il le faut, une inutile flame :
Mais sans fuir loin de nous, vous saurez la domter.
L'amant disparoitra, le héros doit rester.
D'un nécessaire appui ne privez pas le trône,
Aidez à votre frere à porter sa couronne.

TAMMA.

Non, madame, il doit seul gouverner ses états,

Et le sceptre n'est point trop pesant pour son bras.
Sans doute ses vertus rendront son regne illustre;
Mais le souffle d'un prêtre en peut ternir le lustre.

AGÉNIE.

Ah! c'est ce que je crains. La superstition
Aux pieds d'un imposteur avilit sa raison.

TAMMA.

Espérons que d'un fourbe & de ses vains prodiges,
Un charme plus puissant détruira les prestiges.
Ce miracle, madame, appartient à vos yeux,
Et pourra de l'amour être l'ouvrage heureux.
Mais il faut votre main, une main adorée,
Pour briser un bandeau dont la trame est sacrée.
Mon frere vous épouse, il vous aime; il suffit.
Maitresse de son cœur, éclairez son esprit;
Sur-tout de ce ministre empêchez la retraite.

AGÉNIE.

Dans quel étonnement l'un & l'autre me jette!
Le croirai-je, Ilmagis? se peut-il qu'en ce jour
Vous pensiez à quitter vos emplois & la cour?

ILMAGIS.

Las du fardeau brillant d'un trop long ministere,
Je cherche enfin, madame, un repos nécessaire.
Quelle époque jamais peut avec plus d'éclat
Terminer des travaux consacrés à l'état,
Que le couronnement d'une grande princesse,
Digne, par les vertus dont brille sa jeunesse,
De remplir aujourd'hui le trône glorieux,

B iij

Où la place un hymen qui comble tous nos vœux?

A G É N I E.

Quel aftre a donc frappé tout ce qui m'environne?
Quoi, tout le monde ici me fuit & m'abandonne!
Les prètres, je le vois, impriment la terreur
D'un regne qui, dit-on, va devenir le leur.
Sur l'efprit d'Okimas une fecte infolente
A pris un afcendant qui répand l'épouvante.
Un prince foible, hélas! qu'entourent des méchans,
Se fait craindre fouvent à l'égal des tyrans.
Plaignez-le; mais, feigneur, par un effort fuprême,
Malgré les Jammabos & la cour & lui-mème,
Bienfaiteur de l'état, miniftre citoyen,
Dùt-on vous en punir, faites toujours le bien.
Que dis-je! on vous refpecte, Okimas vous eftime,
Il ne fouffrira pas qu'Uranka vous opprime.
Vous ne partirez point, je n'y puis confentir,
Et de votre deffein je vole l'avertir.

SCENE XI.

TAMMA, ILMAGIS.

ILMAGIS.

Ainsi de nos travaux l'efpérance eft perdue!
Mon œil fur l'avenir porte en tremblant fa vue;
Et tout m'annonce, hélas! les plus affreux malheurs.

T A M M A.

Vous cédez trop peut-être à de vaines terreurs.
Les fages réglemens que publia mon pere,
Les loix qu'il établit feront une barriere
Contre les maux qu'ici je vous vois redouter.

I L M A G I s.

Cette barriere eft foible, & ne peut réfifter.
Chez un peuple foumis au pouvoir arbitraire,
Rien n'a de confiftance & tout eft éphémere.
Si le defpot eft grand, fon génie à l'état
Communique, un moment, fa force & fon éclat;
Mais quand l'homme n'eft plus, la nation retombe;
Le bien qu'il avoit fait difparoît fur fa tombe;
Et fa fageffe en vain croit l'étendre après lui,
Par des loix que fa mort doit laiffer fans appui.
Seigneur, il faut aux loix des gardiens fidelles,
De zélés défenfeurs, immuables comme elles:
Il faut des magiftrats chéris & refpectés,
Par qui les pleurs du peuple au trône foient portés;
Dont l'auftere vertu, l'intrépide courage,
Dans les tems malheureux de difcorde & d'orage,
Trace au peuple incertain la route du devoir,
Des miniftres des dieux modere le pouvoir,
Défende les fujets des traits du fanatifme,
Et fauve au fouverain les maux du defpotifme.
Car malheur à celui de qui l'autorité

B iv

Pour limite & pour frein n'a que sa volonté !
Lorsqu'il vient à sentir que ce pouvoir extrême,
Non moins que ses sujets, l'accable aussi lui-même,
Il ne peut bien souvent en décharger son bras.
La liberté n'est point un fruit de tous climats.
Le peuple qui long-tems en a perdu l'usage,
Eprouve un vrai besoin d'être dans l'esclavage ;
Et c'est avec lenteur, ce n'est que par degré,
Que de sa servitude il doit être tiré.
De l'empereur ici la vertu, le courage,
Avoient heureusement commencé cet ouvrage :
Mais quelque tems encore il falloit qu'il régnât,
Ou que son successeur du moins lui ressemblât.
Si votre pere a l'ame & grande & magnanime,
Il est trop confiant, soupçonne peu le crime,
Croit gagner les méchans à force de bienfaits,
Et craint les Jammabos moins que je ne voudrois.

TAMMA.

De ces fourbes, hélas ! mon frere est fanatique.
Sur eux il faut encor qu'avec lui je m'explique ;
Et je dois, en quittant ces déplorables lieux,
Faire un dernier effort pour dessiller ses yeux.

ILMAGIS.

Il sera sans succès, j'ose vous le prédire.
On ne doit plus songer qu'à quitter cet empire.
La Chine est ma patrie, & je veux dans son sein

Aller tranquillement achever mon deſtin.
Vous, ſi votre projet eſt toujours de me ſuivre,
Venez y méditer l'art de régner, de vivre,
Connoître un peuple heureux, étudier ſes mœurs,
Voir des prêtres enfin, ſans craindre leurs fureurs.

Fin du premier Acte.

ACTE II.

SCENE PREMIERE.

OKIMAS, TAMMA.

OKIMAS.

Est-il vrai qu'en effet mon frere m'abandonne,
Et ses yeux craignent-ils de me voir sur le trône ?
Vous me feriez haïr ma future grandeur,
Si je ne l'obtenois qu'en perdant votre cœur.

TAMMA.

Vous connoiffez trop bien un frere qui vous aime,
Pour lui faire aujourd'hui cette injuftice extrème ;
Et d'un pareil foupçon le trait injurieux
Egalement ici nous blefferoit tous deux.
Quand mon pere en vos mains aura mis cet empire,
Je veux m'en éloigner, afin d'aller m'inftruire ;
Et peut-être il faudroit que les princes divers,
Avant d'y commander, connuffent l'univers.
Toujours craints & trompés au fein de leur patrie,
Affiégés par l'intrigue & par la flatterie,
Ils n'ont jamais près d'eux que d'adroits courtifans,
De bas adulateurs, des efclaves rampans ;
Et c'eft chez l'étranger, loin du rang où nous fommes,

Que fans cour, fans fujets, n'étant plus que des hommes,
Nous en voyons enfin. Ils ofent nous juger;
La vérité pour eux eft alors fans danger ;
Et nos feules vertus attirant leur hommage,
L'eftime ou le mépris parle fur leur vifage.
Que ferviroit d'ailleurs ma préfence en ces lieux?
Dans nos opinions nous différons tous deux.
La fuperftition aux Jammabos vous livre,
Et ce font leurs confeils que vous prétendez fuivre.

O K I M A S.

Je les confulterai, je ne le cele pas.
Dans le chemin du ciel ils guideront mes pas,
Et daigneront m'apprendre à faire un digne ufage
Du pouvoir que les dieux me donnent en partage.

T A M M A.

Les prêtres vous diront que, des cieux émané,
Ce pouvoir ici bas ne peut être borné;
Et du gouvernement les arbitres fuprèmes,
Il vous rendront defpote afin de l'être eux-mêmes.
Mais fi de l'efclavage un jour vous vous laffiez,
N'en doutez pas, feigneur, foudain vous les verriez
Prendre un autre langage & changer de maximes,
Contre l'autorité juftifier les crimes,
Pefer fur les autels vos titres & vos droits,
Difcuter quand on peut affaffiner les rois,
Et parmi vos fujets prèchant l'indépendance,
Tâcher de les fouftraire à votre obéiffance.
Tels ont toujours été ces hommes dangereux,

Tels ils feront encor chez nos derniers neveux.

OKIMAS.

Dites que le méchant toujours les calomnie.
Mais hautement ici le ciel les juftifie.
Des fignes éclatans n'ont-ils pas dans les airs
Du parti le plus jufte averti l'univers?
Les dieux n'ont-ils pas fait entendre leurs oracles,
Et peut-on réfifter à la voix des miracles?

TAMMA.

Cette voix, que le peuple écoute avec terreur,
Souvent d'un fourbe adroit eft l'ouvrage impofteur,
L'organe du menfonge, & la fource féconde
Des fuperftitions & des malheurs du monde.
Mille fectes par-tout, mille religions
Se difputent fans ceffe & nos vœux & nos dons:
Chacune, pour prouver fa célefte origine,
Allegue en fa faveur cette marque divine,
Et le prêtre en tous lieux entretient les mortels
Des merveilles qu'on vit illuftrer fes autels.
L'abfurdité, l'erreur s'entourent de preftiges:
Qui manque de raifons, a recours aux prodiges;
Mais ils font fuperflus, quand c'eft la vérité
Qui vient s'offrir à nous; & fa fimplicité,
Le jour qu'elle répand dès qu'on la voit paroître,
Les biens qu'elle produit la font affez connoître.
Eft-ce donc que les dieux fans objet, fans deffeins,
Voudroient d'un vain fpectacle étonner les humains?
Non, pour qu'à leur fageffe il ne foit pas contraire,

Un miracle toujours doit être néceſſaire ;
Et ſi l'on peut penſer que ces dieux quelquefois
Daignent de la nature interrompre les loix,
On ne peut croire au moins, ſans leur faire une offenſe,
Qu'en de coupables mains dépoſant leur puiſſance,
Ils ſouffrent qu'elle ſoit le prix des attentats,
Le partage brillant des plus vils ſcélérats,
Ni que le ciel ainſi remette ſon tonnerre
A ceux qu'il en devroit écraſer ſur la terre.

O K I M A S.

L'impie en ſa fureur blaſphême envers les dieux,
Et peint leurs favoris ſous ces traits odieux.

T A M M A.

Mais la ſeule raiſon...

O K I M A S.

      Prenez garde, mon frere.
On s'égare en ſuivant ce guide téméraire.

T A M M A.

La nature pourtant le plaça devant nous,
Pour tracer notre route & nous éclairer tous.
Dois-je à ce guide ſaint ſubſtituer les prêtres,
Et l'ouvrage de l'homme à celui de ſes maîtres ?
Nous pouvoient-ils jamais faire un préſent plus beau,
Qu'en allumant pour nous ce céleſte flambeau ?
Au fourbe, à l'impoſteur ſa lumiere eſt à craindre ;
Et qui veut nous tromper s'efforce de l'éteindre :
Car c'eſt la nuit qu'on voit les fantômes ſacrés,
Qu'au menſonge, à l'erreur les eſprits ſont livrés :

Que tout tremblant...

OKIMAS.

Tremblant au pied du sanctuaire,
Au lieu de raisonner, il faut croire & se taire.
Sans la foi, vos vertus qu'admirent les humains,
Devant les immortels seront des titres vains,
Qui d'un juste courroux ne pourront vous défendre.
    (*Voyant entrer Uranka avec quatre Jammabos.*)
Voici les maîtres saints, les guides qu'on doit prendre.
    (*Tamma sort avec indignation.*)
                (*seul.*)
Pourquoi les fuir ? — À tout ils auroient répondu.
L'incrédule toujours craint d'être confondu.

SCENE II.

OKIMAS, URANKA, MURAMI, & trois autres
JAMMABOS.

OKIMAS.

Du pouvoir de nos dieux sacré dépositaire,
Par qui leur bras vengeur épouvante la terre,
Et vous, d'un corps auguste intrépides soutiens,
Confidens d'Uranka, ses appuis & les miens,
Approchez, venez tous, à ma vive priere,
Des célestes faveurs accorder la plus chere,
Et de plus près à vous m'attachant pour jamais,

Par mon adoption couronnez vos bienfaits.
URANKA.
Oui, seigneur, votre zele obtiendra cette grace.
La vertu parmi nous a marqué votre place,
Et vous allez, soumis à des devoirs nouveaux,
Monter du rang de prince au rang de Jammabos.
(*Il s'assied, & Okimas se met à ses genoux.*)
MURAMI, *à Okimas.*
Aux ordres absolus de notre chef suprème,
Jurez-vous d'obéir comme à ceux des dieux mème;
D'ètre tel qu'un roseau flottant entre ses mains;
D'y servir d'instrumens à ses profonds desseins;
Et pour nos ennemis saintement implacable,
D'en poursuivre par-tout la race abominable?
OKIMAS, *ayant ses mains entre celles d'Uranka.*
Je le jure à vos pieds. Tombent sur moi les cieux,
Si je trahis jamais ces redoutables vœux!
URANKA, *relevant Okimas, & l'embrassant.*
Soyez donc Jammabos. Que nos montagnes saintes,
Quand je l'ordonnerai, de votre sang soient teintes.
Vous voilà maintenant au nombre des soldats
Qui, vouant aux Camis & leurs cœurs & leurs bras,
Doivent pour les autels combattre avec courage.
Mais l'intérèt du ciel, notre propre avantage,
Tout exige qu'encor vos vœux restent secrets:
Ainsi, me conformant au tems, je vous permets
D'épouser Agénie, & loin de nos retraites,
De vivre dans le rang, dans l'éclat où vous ètes.

Régnez pour que l'erreur, ici proscrite enfin,
Voie écraser son front sous un sceptre d'airain ;
Que le lettré se cache, & que dans tout l'empire
Le prêtre seul triomphe & l'incrédule expire.

OKIMAS.

Seigneur, je serai digne & de vous & de moi.
Vos volontés toujours feront ma seule loi.
Mais l'édifice saint, qui du ciel est l'ouvrage,
Ne peut-il s'élever qu'au milieu du carnage ;
Et la religion, s'entourant d'échafauds,
Doit-elle à son secours appeller les bourreaux ?

URANKA.

Est-ce à nous d'en juger ? Aveugles que nous sommes !
La sagesse du ciel n'est pas celle des hommes.
Les Camis autrefois gouvernerent ces lieux :
Eh bien, songez qu'alors des massacres pieux,
Les bûchers, les tourmens firent voir à la terre,
Que le regne des dieux est toujours sanguinaire.
Le vase, interrogeant la main qui le forma,
Murmure-t-il du sort qu'elle lui destina ?
Et lorsqu'il est détruit ou rejeté par elle,
L'ose-t-il accuser d'être injuste ou cruelle ?
Quoi ! vous...

OKIMAS.

D'un jour nouveau tout-à-coup éclairé,
Je crois en ce moment me sentir inspiré.
Un pur enthousiasme & m'agite & m'enflame ;
A ses ardens transports j'abandonne mon ame,

Et

Et vais aux immortels confacrer avec moi
Cet état, qui bientôt paffera fous ma loi.
Oui, qu'il foit déformais leur bien, leur héritage.
Mes enfans à vos pieds leur en feront hommuage.
Si de mes defcendans la race s'éteignoit,
Ou fi de mon hymen aucun fruit ne naiffoit,
Je prétends qu'en ces lieux la puidance fuprème
Tombe alors en partage aux Jammabos eux meme,
Et que l'augufte chef de cet ordre divin
Soit auffi du Japon l'unique fouverain.

SCENE III.

OKIMAS, URANKA, MURAMI, trois autres
JAMMABOS, un OFFICIER de l'empereur.

L'OFFICIER, *à Okimas.*

Auprès de l'empereur, feigneur, il faut vous rendre.
Il vous mande, & chez lui rentre pour vous attendre.

OKIMAS, *à l'officier.*

Il me fuffit. Allez, je vais fuivre vos pas.
(*L'officier fort.*)
Et vous, cher Uranka, ne vous éloignez pas.
Je veux, pour fatisfaire au zele qui m'infpire,
Que l'acte folemnel du don de cet empire
Sur l'autel de nos dieux foit placé fans délais,
Et que vous l'y portiez, en fortant du palais.

C

SCENE IV.

URANKA, MURAMI, trois autres JAMMABOS.

URANKA.

Nous triomphons, amis: la fortune équitable
A nos vaftes projets fe montre fi vorable ;
Et ce trône, où pour vous bientôt je monterai,
N'eft encore à mes yeux que le premier degré
Qui doit, fi quelque tems le deftin nous feconde,
Nous élever enfin jufqu'au trône du monde.
Mais des événemens le cours lent & douteux,
Si nous n'y préfidions, pourroit trahir nos vœux.
Chez nous la politique, active autant que fûre,
Dans fa marche au befoin fait aider la nature ;
C'eft un art néceffaire, & fans crime toujours
De ceux dont on hérite on peut hâter les jours.
Telle fut conftamment notre grande maxime:
Dès qu'un trépas nous fert, il devient légitime,
Et fur le trône ici vous n'imaginez pas
Que nous laiffions vieillir l'imbécille Okimas.
Mais devrons-nous long-tems fouffrir qu'il y demeure?
Examinons comment & quand il faut qu'il meure.

PREMIER JAMMABOS.

Difpofez des poifons que compofent mes mains;
Ils font dignes, feigneur, de fervir vos deffeins.

Tous les jours au Japon j'ouvre plus d'une tombe ;
Sans connoitre son sort, chaque victime y tombe ;
Et la mort, en esclave asservie à mes loix,
Ne frappe qu'à l'instant que lui prescrit ma voix.

SECOND JAMMABOS.

Donnez l'ordre fatal. Du plus subtil breuvage
Hâtez-vous, croyez-moi, de faire un prompt usage.
De sa crédule ivresse Okimas peut sortir.
Tremblons de lui laisser le tems du repentir.

MURAMI.

Non, non, sa vie encor nous est trop nécessaire.
Ecartons un moment la torche funéraire :
Qu'il meure, mais plus tard, & quand pour nous servir
Il ne lui restera seulement qu'à mourir.
Il faut d'abord, il faut que, ceint du diadème,
Devant tous ses sujets il déclare lui-même
Et confirme aux autels le don qu'il nous a fait.
Nous prendrons soin après d'en assurer l'effet.
La crainte, l'intérêt, tout mettra dans nos chaînes
Un état dont nos mains tiendront déjà les rênes :
Le peuple obéissant & soumis à nos loix
Ne verra plus qu'en nous ses véritables rois ;
Et pour en joindre enfin le titre à la puissance,
Nous nous firons, Azoph, à votre expérience.
Qu'un poison lent conduise Okimas au tombeau :
De ses jours par degrés éteignez le flambeau ;
Mais faisons, s'il se peut, tomber soudain la foudre,
Pour frapper Agénie & la réduire en poudre.

Son trépas doit paroitre un châtiment des cieux.

URANKA.

C'eft donc moi qui m'en charge, & des gouffres de feux
L'engloutiront vivante. On dira que fes crimes
Des enfers fous fes pieds ont ouvert les abimes.
Ilmagis & Tamma fortent de ces états:
Qu'ils partent, nos poignards ne les pourfuivront pas.
Pour Taiko, qu'il demeure & que le fer s'apprète.
En quittant la couronne il nous livre fa tète :
Et ceux qui jufqu'ici l'ont fauvé de nos coups,
Défarmés & tremblans, loin de lui fuiront tous.

MURAMI.

Mais un grand changement fe prépare à la Chine:
L'empereur va périr, demain on l'affaffine.

URANKA.

Oui, Pékin nous appelle, & de vous j'ai fait choix,
Mafcof, pour y porter notre culte & nos loix.
Soyez humble d'abord : que le plus fimple afile
Semble vous contenter; il vous fera facile
De le changer bientôt en de riches palais,
Et dans l'obfcurité nous ne reftons jamais.
De nos faints fondateurs fuivez donc les exemples.
Une fois établi, multipliez nos temples;
Faites flotter au loin nos fuperbes drapeaux,
Et gagnez chaque jour des difciples nouveaux.
N'en rejetez aucun. Un chef habile & fage
Sait de tous les humains tirer quelqu'avantage.
Il nous faut du crédit, ayez les fils des grands;

Afin d'être illuftrés, poffédons des favans ;
Et pour ces vils mortels fans talens, fans naiffance,
Qui traineroient chez nous une obfcure exiftence,
Des palmes du martyre on les couronnera,
Et l'éclat de leur mort fur nous rejaillira.

  Mais fi nous afpirons à gouverner la terre,
Ne la révoltons point par un joug trop auftere.
Qu'une morale douce & chere aux paffions
Vous aide à fubjuguer l'efprit des nations.
Tranfpofez, quand il faut, d'une main complaifante,
Et du bien & du mal la limite changeante :
Enfeignez aux humains comment, aux yeux du ciel,
En commettant le crime, on n'eft pas criminel ;
Par quel art, éludant la divine juftice,
On peut innocemment s'abandonner au vice ;
Que qui fait nous aimer eft affez vertueux,
Et que nos ennemis font feuls haïs des dieux.

  Gardez-vous cependant de n'avoir qu'un langage.
Que chez nous chacun trouve une arme à fon ufage.
Oui, prêchons tour-à-tour, felon nos intérèts,
Le defpotifme aux rois, la révolte aux fujets ;
Rendons les uns tyrans, les autres régicides,
Et foyons à la fois leur oracle & leurs guides.

  Que le peuple, les grands, les enfans, les vieillards
Marchent tous à vos voix, fous divers étendards.
Intriguez, dominez dans le fein des familles ;
Dirigez les époux, les meres & les filles :
Sur-tout emparez-vous de l'efprit des mourans ;

Veillez, priez près d'eux, dictez leurs testamens.
Quand l'homme s'affoiblit, nous devenons ses maîtres.
Son agonie est l'heure où triomphent les prêtres ;
Et c'est au lit de mort qu'il faut nous en saisir,
Pour ravir sa dépouille à son dernier soupir.
Car le fer, le poison, l'audace & l'artifice
De notre empire en vain élevent l'édifice,
Si l'or, plus puissant qu'eux, ne vient le cimenter.
L'univers appartient à qui peut l'acheter.
Le crime, la vertu, les succès, la victoire,
La haine, l'amitié, l'autorité, la gloire,
Tout se vend, tout se paie aux avares humains.
Tout est le prix de l'or. L'or en d'habiles mains
Est la foudre du ciel & le sceptre du monde.
Faites donc constamment une étude profonde
Des moyens, quels qu'ils soient, d'augmenter nos trésors.
Vous pourrez de la Chine envoyer jusqu'aux bords
Où le feu du soleil, embrasant l'hémisphere,
Durcit le diamant dans le sein de la terre :
Allez plus loin encore, & que le Jammabos
D'or & de gloire avide & fertile en complots,
Trafiquant, cabalant, prêchant d'un pole à l'autre,
Soit par-tout souverain en feignant d'être apôtre.
    Mais nous ne voyons point revenir Okimas.
Je vais l'attendre seul ; vous, ne me suivez pas,
De notre nombre ici l'on pourroit prendre ombrage.
Apprenez toutefois qu'abaissant son courage,
Le Bonze humilié nous recherche aujourd'hui,

Et que pour un moment je m'unis avec lui.
Je prétends m'en fervir, & l'écrafer enfuite.
Sur ce plan, Murami, regle donc ta conduite;
Vas à nos ennemis pour moi jurer la paix,
Et fonge que la mort doit la fuivre de près.

(Uranka fort d'un côté, les trois autres Jamma-
bos s'en vont de l'autre, & Murami tarde un
moment à les fuivre.)

M U R A M I, *feul, regardant fortir Uranka.*

Vas, comme toi le Bonze, inftruit par la nature,
Connoit la trahifon, la rufe, le parjure,
Et pour braver ta haine ou prévenir tes coups,
Ces armes font du moins égales entre nous.
Ilmagis vient, fortons.

S C E N E V.

I L M A G I S, *feul.*

Par-tout mes yeux rencontrent
Des Jammabos. En foule au palais ils fe montrent.
On diroit que d'avance ils font venus ici
Epier le moment...

SCENE VI.

L'EMPEREUR, ILMAGIS, GARDES dans le fond.

l'Empereur.

Je te cherchois, ami,
Et Taiko ne veut pas quitter un diadème
Qu'autrefois fur le front tu lui pofas toi-mème,
Sans que ton zele encor l'aide à ce dernier pas.
Ilmagis.
Ah ! fi vous m'en croyiez, vous ne le feriez pas.
Le repentir des rois, le mépris de la terre,
Des abdications font la fuite ordinaire.
D'illuftres fouverains du trône ont defcendu,
Mais au dernier degré leur gloire a difparu :
Des rois qu'on vit rentrer dans le rang où nous fommes,
Peu furent affez grands pour n'ètre que des hommes.
Je fais que vos vertus, j'en fus l'heureux témoin,
Vous donnerent le fceptre & n'en ont pas befoin,
Et qu'en quittant la pourpre, encor grand par vous-mème,
Vous ferez refpecté d'un peuple qui vous aime;
Mais c'eft ce peuple enfin, qui vous crie aujourd'hui
D'ètre toujours fon pere & de régner pour lui.
Vous faifiez fon bonheur.
l'Empereur.
Il faut que je l'affure.

Sur le bord du cercueil courbé par la nature,
Un pere étend sa vue & ses soins prévoyans
Au sort dont après lui jouiront ses enfans.

ILMAGIS.

Permettez donc, seigneur, qu'Ilmagis se retire,
Et forte d'un pays dont vous quittez l'empire.
Les cruels Jammabos!... Ah! vous le savez bien,
Ils ne pardonnent pas, &...

L'EMPEREUR.

Ν'en redoute rien.

ILMAGIS.

Le ciel qui de limon a pétri tous les êtres,
Le trempa dans le fiel, quand il forma les prêtres.
Il n'est point d'ennemis plus implacables qu'eux,
De despotes plus durs, de tyrans plus affreux.
Ils doivent me haïr.

L'EMPEREUR.

Tu devrois me connoitre.
Tu penses, je le vois, qu'Okimas est le maitre
Que mon choix aujourd'hui destine à mes sujets;
Que c'est là le présent, le don que je leur fais.
Je viens de lui parler. Ah, quel présent funeste
Vous feroit par mes mains la colere céleste!
Et tu crois....

ILMAGIS.

Mais, seigneur, ici jusqu'à présent
En faveur des ainés un usage constant...

L'EMPEREUR.

Le bonheur de l'état, voilà la loi fuprème,
A qui tout doit céder, jufques à la loi même.
Les peuples font des rois les uniques enfans,
Et les bons fouverains n'ont jamais de parens.
Si je n'avois qu'un fils, crois-tu que j'abdiquaffe,
Ou bien qu'entre Okimas & toi je balançaffe?
Sais-tu que de la Chine un illuftre empercur,
Pere de dix enfans, au front d'un laboureur,
Devant tous fes fujets, attacha la couronne,
Et le fit reconnoître héritier de fon trône?
Que me fait donc, à moi, l'exemple des Dairis,
De ces tyrans facrés, par moi-même affervis?
Gardés dans Méaco, décorés de vains titres,
De leur religion s'ils font encore arbitres,
Mon bras, les dépouillant de l'abfolu pouvoir,
Sépara dès long-tems le fceptre & l'encenfoir.
Las de voir mon pays fous l'empire des prêtres,
J'ai voulu l'affranchir de ces indignes maitres.
Les travaux, les dangers, rien ne m'a rebuté,
J'ai réuffi : tu fais ce qu'il m'en a coûté.
Les fciences, les arts & la philofophie
Commencent à germer au fein de ma patrie;
Je les ai de la Chine appellés au Japon,
Et déjà leur clarté brille à notre horifon.
Veux-tu que, repouffant cette premiere aurore,
Je ramene la nuit, quand le jour doit éclore;
Je démente ma vie, & couronne Okimas,

Pour qu'Uranka fous lui regne dans ces climats?

I L M A G I S.

Mais fi du Jammabos l'efpérance eft trompée,
Songez qu'à la tiare il joint encor l'épée.
Tous les prètres bientôt fous fes drapeaux rangés...

L'E M P E R E U R.

Ils ne font plus à craindre, & les tems font changés.
Leur regne eft en tous lieux fondé fur l'ignorance;
Dès qu'un peuple s'éclaire, ils perdent leur puiffance,
Et devant la raifon elle s'évanouit,
Comme au lever du jour les aftres de la nuit.
Toujours vains, il eft vrai, je fais qu'avec adreffe
Du mafque de la force ils couvrent leur foibleffe;
Mais par d'heureux écrits les lettrés dès long-tems,
De ce coloffe altier minent les fondemens.
Les lettrés forment feuls l'opinion publique,
Le plus grand des refforts dans l'ordre politique;
Et quand les Jammabos feront anéantis,
C'eft la main des lettrés qui les aura détruits.

I L M A G I S.

Le ferpent fiffle encor fous le pied qui l'opprime,
Et de ce corps mourant le courroux fe ranime.
Les prodiges qu'ils font...

L'E M P E R E U R.

Eh bien, qu'en penfes-tu?

I L M A G I S.

C'eft fans doute l'effet de quelqu'art inconnu.
Qui fait jufqu'à quel point peut aller la nature?

De ſes forces enfin connoît-on la meſure?
Et ferons-nous toujours intervenir les cieux,
Dans les faits dont la cauſe eſt cachée à nos yeux?
Le peuple cependant, qui par-tout eſt le mème,
Adopte avidement le merveilleux qu'il aime.
Qu'importe que d'une ombre un fourbe l'ait frappé?
Le vulgaire abuſé n'eſt jamais détrompé.
Le crédit d'Uranka, ſon art, ſa politique,
Sur un corps dangereux ſon pouvoir deſpotique,
En font un ennemi qu'il faut craindre en tout tems.
Des crimes de leur chef aveugles inſtrumens,
Tyrans de l'univers, & chez eux vils eſclaves,
Avant qu'à leur fureur vous miſſiez des entraves,
Les Jammabos faiſoient trembler tous ces états,
Et maſſacroient les rois qu'ils ne gouvernoient pas.

L'EMPEREUR.

Auſſi par tes conſeils diſſimulant ma haine,
J'ai flatté d'Uranka l'ame fiere & hautaine.
Il eſt ambitieux, vain, avide d'honneurs,
Et j'ai pu le gagner à force de faveurs.
L'entendis-tu jamais murmurer ou ſe plaindre?

ILMAGIS.

L'art de tous ſes pareils eſt ſur-tout l'art de feindre.
Il faut, quand ſous leur joug on ne veut pas fléchir,
Les ménager, les craindre, ou les anéantir.
Uranka verra-t-il, ſans en frémir de rage,
Vos états de Tamma devenir le partage?
Tamma trop imprudent n'a jamais déguiſé

La haine dont pour lui fon cœur eft embrafé;
Et le fier Jammabos s'armant contre un tel maitre...

L'EMPEREUR.

Viens, tout eft réfolu, je fonderai le traitre.
Oui, s'il ofe un moment combattre ici mon choix,
On l'immole à mes pieds; & dût par fon feul poids
Ce coloffe en tombant faire trembler la terre,
La fecouffe aux mortels en fera falutaire.

Fin du fecond Acte.

ACTE III.

SCENE PREMIERE.

L'EMPEREUR, URANKA, MURAMI, GARDES.

L'EMPEREUR.

Mes ordres au palais vous ont fait appeller,
Uranka: Sans témoins je prétends vous parler.
 (*Murami se retire.*)
Je connois dès long-tems toute votre prudence,
Et vous vais aujourd'hui marquer ma confiance.
C'est à vous d'y répondre & de la mériter.
Sur d'importans objets je veux vous consulter :
Les intérèts d'état font taire tous les autres,
J'ai besoin de conseils & demande les vòtres.
 De nos opinions sur la divinité,
Ne faisons point ici gémir l'humanité.
Quelque dieu qu'on adore, il faut aimer les hommes ;
Voilà le premier dogme, & qu'aux tems où nous sommes,
Le sage doit sur-tout prècher à l'univers.
Mais trop souvent, hélas ! pour des cultes divers
Les humains se battant dans une nuit profonde,
La querelle des cieux fait les malheurs du monde.
Ainsi que notre tróne, il faut que vos autels

Soient toujours élevés pour le bien des mortels.
Des prêtres & des rois tel est l'état augufte :
S'ils ne font bienfaifans, leur puiffance est injufte.
Des peuples du Japon faifons donc le bonheur,
Et réuniffons-nous pour rendre au Créateur
Ce culte univerfel qu'il preferit à la terre,
Et qui de tous peut-être eft le feul néceffaire.

U R A N K A.

Plein d'un même refpect pour mes dieux & mon roi,
Vous favez qu'à tous deux je rends ce que je doi,
Seigneur ; à quelqu'épreuve où vous mettiez mon zele,
Vous me verrez toujours, fujet humble & fidele,
De vos nobles projets appuyer la grandeur.

L'E M P E R E U R.

L'heure approche où je dois nommer mon fucceffeur.
Cependant, fur fon choix incertaine & tremblante,
Mon ame en ce moment eft encore flottante :
Mais vous allez fixer mes vœux irréfolus ;
Quand vous aurez parlé, je n'héfiterai plus.
Des avis que j'attends vous voyez l'importance,
Et de quels intérêts vous tenez la balance.

  J'ai deux fils ; mais il faut dans une feule main
Remettre du Japon l'empire fouverain.
Je ne puis pas entr'eux en faire le partage.
Okimas eft l'aîné ; mais des ans l'avantage
N'eft point dans ces états une fuprème loi,
Qui depuis le berceau fixe au peuple fon roi ;
Et puifque j'ai le droit de vous donner un maître,

Je voudrois vous choifir le plus digne de l'être.
Okimas & fon frere ont chacun des vertus
Qui tiennent en fufpens mes efprits combattus.
L'un prince aimable, doux, que j'aime & qu'on eftime;
L'autre fier, intrépide, & guerrier magnanime:
C'eft à vous, Uranka, dé me déterminer.
Nommez-moi qui des deux ma main doit couronner.

                    U R A N K A.

Quoiqu'un honneur fi grand ait droit de me confondre,
A votre confiance Uranka va répondre,
Seigneur; & quels que foient vos fentimens fecrets,
Ma voix ne trahira ni vous ni vos fujets.
Dans fa religion toujours inébranlable,
Okimas ne fuit point un exemple coupable;
Et fidele à des dieux que d'autres ont quittés,
D'une fecte étrangere il fuit les nouveautés.
De quelque bienveillance il m'honore peut-être,
Et je devrois, feigneur, le fouhaiter pour maitre.
Mais la piété feule a fait peu de grands rois;
Je l'apprends des Dairis qu'ont détruits vos exploits.
Eft-ce affez qu'aux autels un prince fe profterne?
Il faut d'autres vertus à celui qui gouverne;
Et puifque dans Tamma le ciel les fait briller,
Sans doute au diadème il le daigne appeller.
Je fais que du confeil que mon zele vous donne,
Tamma peut me punir, en montant fur le trône:
Il me hait encor plus qu'il n'abhorre mes dieux.
Mais qu'importe mon fort, fi l'état eft heureux?

                                        Pour

Pour ma religion, malgré tous les obstacles,
Elle doit triompher à force de miracles.

L'EMPEREUR.

D'un fidele sujet je reconnois la voix,
Et c'est avec transport que je suis votre choix.
Tamma va donc régner. En lui cédant l'empire,
De tout ce qu'il vous doit j'aurai soin de l'instruire.
Mais vous savez aussi pour quels grands intérêts
La Corée au Japon doit s'unir à jamais.
Il faut par ce rempart arrêter le Tartare,
Dont l'abime des mers vainement nous sépare.

URANKA.

La sage politique ainsi le veut, seigneur.
La main de la princesse est à notre empereur.

L'EMPEREUR.

Je l'avoûrai pourtant, quelquefois je chancelle.
Agénie, Okimas, leur amour mutuelle...
Je voudrois de mon cœur suivre tous les penchans,
Rendre heureux à la fois mon peuple & mes enfans.
La tendresse du sang...

URANKA.

Cede aux devoirs du trône.

L'EMPEREUR.

Okimas est mon fils.

URANKA.

Vous portez la couronne;
Je suis prêtre & l'oublie. Au moins imitez-moi:
Je parle en citoyen; pere, agissez en roi.

D

SCENE II.

L'EMPEREUR, URANKA, ILMAGIS, GARDES.

Ilmagis.

Seigneur, de vos fujets la foule confternée,
Dans un morne filence attend fa deftinée.
Autour de ce palais triflement répandus,
On ne voit point entr'eux ces mouvemens confus
Et de joie & d'efpoir, qu'infpire d'ordinaire
Un changement de maître au volage vulgaire.
Ah, que de vos vertus, de votre amour pour nous,
Votre cœur aujourd'hui recueille un fruit bien doux!
Votre perte, feigneur, fait la douleur publique;
Chacun femble pleurer un malheur domeftique.

L'Empereur.

Que ma garde, Ilmagis, s'éloigne en ce moment,
Et que tous mes fujets s'approchent librement.
Sur-tout qu'à leurs regards aucun glaive ne brille;
Affis au milieu d'eux, je fuis dans ma famille.
Qu'ils viennent, il eft tems. Allez, cher Ilmagis,
Et qu'avec la princeffe on appelle mes fils.

(*Ilmagis fort avec les gardes.*)

SCENE III.

L'EMPEREUR, URANKA.

L'Empereur.

Je vous crois, Uranka, la raifon eft plus forte;
La nature fe tait & mon peuple l'emporte.
Tamma des deux états fera feul fouverain ;
Je le jure à vos yeux.

URANKA.

             Que votre augufte main,
Rendant ainfi ce jour à jamais mémorable,
Donne au bonheur public un fondement durable !
Mais en ces lieux déjà le peuple entre à grands flots,
Et moi dans Jédo par tous mes Jammabos,
Je vais de vos deffeins exalter la fageffe.
Pour faire le bien même on a befoin d'adreffe,
Et c'eft à force d'art qu'il nous faut obtenir
Des aveugles humains le droit de les fervir.
Enfin, fur Okimas fi j'ai quelque puiffance,
Je vous réponds, feigneur, de fon obéiffance.
Je reviendrai calmer fes efprits agités.

S C E N E I V.

L'EMPEREUR *sur son trône*, OKIMAS & TAMMA *assis à ses côtés*, AGENIE *assise à la droite d'Oki-mas*, ILMAGIS *assis à la gauche de Tamma*, GRANDS du Japon & de la Corée *debout &* *rangés en demi-cercle par-derriere*, Foule de peuples.

L'EMPEREUR.

PEUPLES, grands du Japon, sujets qui m'écoutez,
Vous tous de qui l'amour fit seul mes droits au trône,
Droits aussi saints, plus beaux que ceux que le sang donne,
Sur ce trône, où jadis m'éleva votre voix,
Vous me voyez assis pour la derniere fois :
Mais avant d'en descendre, avant qu'un autre y monte,
De tout ce que j'ai fait je veux vous rendre compte.
  Les Dairis dès long-tems étoient vos souverains
Quand vous mites enfin le sceptre dans mes mains.
Ils l'avoient avili. Leur superbe indolence
De fantômes sacrés étayoit leur puissance;
Et tandis qu'avec pompe endormis sur l'autel,
Leur orgueil s'enivroit d'un encens criminel,
La superstition gouvernant à leur place,
De ces tristes états avoit couvert la face.
Sous ces pontifes rois, les prêtres tout-puissans,

A l'exemple du chef, devinrent des tyrans.
Toujours de plus en plus leur coupable prudence
Epaississoit ici la nuit de l'ignorance ;
Vous baissiez sous leur joug un front respectueux,
Et l'on vous dépouilloit en vous montrant les cieux.
Des Bonzes effrontés la sordide avarice,
Jusqu'au pied des autels, trafiquoit sur le vice ;
Et tirant des forfaits un revenu honteux.
Osoit vendre aux mortels la clémence des dieux.
Au fanatisme encore il manquoit des victimes.
Bientôt, multipliant les temples & les crimes,
Aux peuples épuisés ce monstre ouvrit le flanc,
Et rassassié d'or, vint s'abreuver de sang.
C'est pour vous secourir dans ce désordre extrème,
Qu'appellé par vos cris, je pris le diadème.
    Des prêtres contre moi ligués de toutes parts,
Sans les persécuter, je brisai les poignards.
La superstition naît de la barbarie :
J'entrepris d'adoucir les mœurs de ma patrie,
De policer mon peuple ; & pour ces grands travaux ,
J'employai les beaux arts, & non pas les bourreaux.
On ne m'a vu jamais, insensé politique,
Tourmentant mes sujets d'un zele fanatique,
Le fer toujours levé, vouloir par mes rigueurs
Des cœurs ensanglantés arracher les erreurs.
La douce vérité , répandant ses lumieres,
Succéda par degrés à des fables grossieres.
J'éclairai les esprits, au lieu de les forcer ;

Un prêtre fut un homme, & l'on osa penser.

   Peuples, rendez-en grace au sage de la Chine.
Ce changement heureux n'est dû qu'à sa doctrine.
Fille de la raison, elle entraine les cœurs,
Bienfaitrice du monde y regne par les mœurs,
De tout système vain écarte l'imposture,
Et ne parle aux mortels qu'au nom de la nature.
La vertu, nous dit-elle, enfante le bonheur;
Le paradis du juste est au fond de son cœur.

   Voilà les dogmes saints, les maximes célestes,
Qui remplacent l'amas d'absurdités funestes,
Dont on forma jadis votre religion.
Mon regne a commencé celui de la raison:
Puissent mes successeurs, imitant mon exemple,
Achever au Japon de lui bâtir un temple!
J'en ai posé du moins les premiers fondemens;
C'est tout ce que je puis. Affoibli par les ans,
Je laisse à d'autres mains à finir l'édifice.
Cependant si j'avois commis quelqu'injustice,
Si malgré moi le mal avoit pu m'échapper,
(Les rois sont des mortels & peuvent se tromper)
Quiconque de Taiko croit avoir à se plaindre,
Doit le dire à l'instant; qu'il parle sans rien craindre,
Sur mes fautes ici qu'il vienne m'éclairer,
Tandis que maitre encor, je les peux réparer.

       U N D E S G R A N D S.
Tous les cœurs sont remplis de votre bienfaisance:
Il n'y reste de voix qu'à la reconnoissance.

UN AUTRE JAPONOIS.

Vous fûtes fur le trône une image des dieux,
Et les rois tels que vous font un préfent des cieux.

L'EMPEREUR.

Mes fils, ne penfez pas que le ciel ait fait naitre
Tous ces braves mortels pour ramper fous un maître.
Un roi ne regne pas fur un troupeau craintif ;
D'un grand nombre d'enfans c'eft un pere adoptif,
Qui loin de dévorer leur propre fubfiftance,
Se doit tout aux befoins de fa famille immenfe.
Aux peuples qu'il gouverne un prince vertueux
N'a droit de commander que pour les rendre heureux.
Ce n'eft qu'un héroïfme ou qu'un orgueil extrème,
Qui peut faire afpirer à la grandeur fuprème ;
Et de fon vain éclat au lieu d'être flatté,
Un roi de fes devoirs doit être épouvanté ;
Sur-tout dans ces climats où toute la puiffance,
Concentrée en lui feul, n'a rien qui la balance,
Où, par malheur, hélas ! defpote fouverain,
Il peut tout ce qu'il veut, l'état eft dans fa main.
Tout fléchit en ces lieux fous celui qui domine.
Mais l'abus du pouvoir en caufe la ruine.
Pour affurer un fceptre, il faut borner fes droits.
Le trône le plus ferme eft fondé fur les loix ;
Et le roi qui les brave, armé contre lui-même,
Ebranle imprudemment fon propre diadème.
Mes enfans, j'ai vieilli dans l'emploi dangereux
De régir les humains & de veiller pour eux.

Croyez-en mon exemple & mon expérience,
L'art de se faire aimer est la grande science :
D'un bon gouvernement voilà le vrai ressort,
Il vaut mieux que la crainte, il est encor plus fort.
Oui, l'amour des sujets, honorant le monarque,
D'un regne glorieux est la plus sûre marque...
De ce tribut flatteur montrons-nous donc jaloux.
Recherchons les talens, approchons-les de nous ;
L'art est de les placer. Dans le rang où nous sommes,
Un prince est toujours grand, s'il aime les grands hommes.

    Que celui de vous deux que je vais couronner,
Retienne des leçons que je dus lui donner,
Devant cette assemblée auguste & solemnelle,
Pour lui faire une loi de leur être fidelle.
Levez-vous à présent l'un & l'autre, & jurez
Que, quel que soit mon choix, vous le respecterez.

    (*Les deux princes se levent.*)

OKIMAS.

Je jure par les dieux qu'adoroient nos ancètres,
Par le grand Tensio, les Camis & leurs prètres,
Je les atteste tous que leur culte & leur foi
Ne seront pas plus saints, pas plus sacrés pour moi,
Que ne va l'être ici la volonté suprème
D'un roi que je révere & d'un pere que j'aime.

TAMMA.

A vos augustes loix j'obéirai, seigneur.
J'en atteste le ciel, la patrie & mon cœur.

L'Empereur.

Le défaut de lumiere est, dans le rang suprème,
Plus nuisible souvent que le vice lui-mème ;
Et s'il n'est éclairé, le prince le meilleur,
Funeste à cet empire, en feroit le malheur.
Du mal qu'il haïroit on le rendroit coupable,
Il seroit bienfaisant, & l'état misérable.
On verroit les talens, les arts humiliés,
Les philosophes craints, proscrits, calomniés ;
Et la nuit reviendroit sur ce triste hémisphere.
O Dieu ! pourquoi craint-on qu'un peuple ne s'éclaire ?
La superstition est l'arme des tyrans,
Et l'erreur n'est jamais utile qu'aux méchans.
Il faut à ma patrie un chef plein de courage,
Un prince philosophe, un héros, un vrai sage,
Qui, sourd au préjugé, conduit par le devoir,
Succede à mes desseins ainsi qu'à mon pouvoir ;
Qui marche sur mes pas dans la même carriere,
Aille plus loin encore, & m'y laisse en arriere,
Acheve mon ouvrage, & bientôt au Japon
Par la gloire du sien fasse oublier mon nom.
A ce portrait déjà je vous vois reconnoître
Le mortel que Taiko vous destine pour maître.
Le bien public, ma voix, les conseils d'Uranka,
Vos regards & vos cœurs, tout nomme ici Tamma.

*(Il descend du trône, & tout le monde se
leve.)*

Un des Grands, *tandis que tout le peuple leve les mains en figne d'approbation.*

Oui, qu'il regne fur nous.

AGÉNIE.

Tamma!

TAMMA.

Qui, moi, mon pere?

OKIMAS, *allant embraffer Tamma.*

Souffrez que dans mon roi j'embraffe encor mon frere.

TAMMA.

Non, jamais...

L'EMPEREUR, *à Tamma.*

Si l'état demande un maitre en vous,
De la princeffe encore il vous nomme l'époux.
Demain fera le jour de cet hymen augufte.

(*Tout le peuple leve encore les mains en figne d'ap-probation & de joie.*)

Ma volonté, fans doute, eût pu feule être injufte;
Mais ce peuple affemblé, qui confirme mon choix,
Met à ma volonté le fceau qui fait les loix.
Demain vous recevrez & fa main & l'empire.

(*Au peuple.*)

Suis-moi, cher Ilmagis... Et vous, qu'on fe retire.

(*L'empereur fort avec Ilmagis, & le peuple & les grands fe retirent.*)

SCENE V.

OKIMAS, AGENIE, TAMMA.

OKIMAS, *à Tamma.*

Il a fait un bon choix, vous l'avez mérité,
Et je ne penſe pas être déshérité,
Quand je vois qu'à ma place on couronne mon frere.
Mais dois-je perdre un bien qu'au trône je préfere?
Hélas! ayez pitié d'un amant éperdu.
Le pouvoir de l'amour ne vous eſt pas connu.
Non; mais vous connoiſſez le digne objet que j'aime,
Les vertus, les appas...

TAMMA, *avec tranſport.*
        Je l'adore moi-même.

OKIMAS.
Qu'entends-je!...O jour affreux! Tout m'eſt donc enlevé!
Amante, frere, état.

TAMMA.
        Tout vous eſt conſervé.
Moi, je voudrois ſur vous prendre un lâche avantage,
Et que votre dépouille accrût mon héritage?
Vous me croyez un cœur aſſez dur, aſſez bas....
Je vous ferai rougir de ne m'eſtimer pas.
Oui, madame, il eſt vrai que Tamma vous adore,
Qu'à vous il renonça, qu'il y renonce encore.

Je le jure à vos pieds. Calmez cette frayeur ;
Elle m'offenfe. Adieu, je cours vers l'empereur.

SCENE VI.

OKIMAS, AGENIE, URANKA.

AGÉNIE.

IL n'en obtiendra rien, & ... Que vois-je ! ce traitre,
Ce monftre à nos regards ofe encore paroitre ?

URANKA.

J'ai femblé vous trahir, mais c'eft pour vous fauver.
Vous foupçonnez ma foi, vous allez l'éprouver.
Non, prince, non, jamais je ne fus moins coupable.
Penfez-vous que celui dont le bras nous accable,
Jufqu'au moment d'agir, incertain, indécis,
Pour fe déterminer attendit mes avis ?
Il vouloit me fonder, il me tendoit un piege ;
J'ai lu dans fes regards fa rufe facrilege.
Si j'euffe combattu fon projet odieux,
Si j'avois dit un mot, il nous perdoit tous deux.
Mes dieux en ce moment, me montrant l'artifice,
Ont daigné m'éclairer au bord du précipice.
Je viens encor pour vous d'embraffer leurs autels,
Et leur voix vous promet des fecours immortels.
Oui, feigneur, devant eux vous avez trouvé grace ;
Vous pourrez vous fouftraire au coup qui vous menace.

C'eſt tout ce que le ciel tantôt m'a révélé;
Le reſte à mes regards demeure encor voilé.
Mais j'ai vu les Camis, ſous des aſpeéts funebres,
Du glaive de la mort s'armer dans les ténebres.
Par un chemin de ſang qu'eux-mêmes vous frayoient,
A marcher ſur leurs pas ils vous encourageoient.

SCENE VII.

OKIMAS, AGENIE, URANKA, un CORÉEN.

Le Coréen, *à Agénie.*

Princesse, vous voyez un ſujet plein de zele
Qui, de tout votre peuple interprete fidele,
En ſon nom vient ici jurer à vos genoux
De venger un affront qui rejaillit ſur nous,
Et de vous arracher au pouvoir deſpotique,
Que prétend ſur vos vœux une main tyrannique.
　　　　(*à Okimas.*)
Oui, puiſque notre reine avoit fait choix de vous
Pour être notre maître & vivre ſon époux,
Prince, vous le ſerez; de nos cœurs trop volages
Vous n'aurez pas tantôt reçu de vains hommages.

Uranka, *avec l'enthouſiaſme d'un homme inſpiré.*

Voilà donc, dieux puiſſans, arbitres immortels,
Comment vont s'accomplir vos décrets éternels!

Vous ne m'aviez fait voir qu'à travers un nuage
D'un confus avenir la redoutable image;
Un jour plus grand m'éclaire, & fans obfcurité
Votre ordre en ce moment nous eft manifefté.
Mortels, écoutez tous, tel eft l'arrêt célefte :
Adorons & frappons, voilà ce qui nous refte.
Moi-même, aux Coréens joignant mes Jammabos,
Des tyrans cette nuit j'ouvrirai les tombeaux.
Princeffe, heureux amant, marchez en affurance;
Avec les dieux & nous volez à la vengeance.
Les cruels qui vouloient féparer votre fort,
Verront leur fort uni dans la nuit de la mort.
Le meurtre de l'impie eft un acte de zele.
Baignons-nous fans remords dans leur fang infidele;
Que Taiko, que Tamma l'un fur l'autre égorgés,
A nos pieds expirans.....

    (*Il fixe Agénie & Tamma; & les voyant frémir, il*
    s'arrête auffi-tôt, & change de ton & de langage.)
                         Nous ferions trop vengés.
Oui, tout jufte qu'il eft, leur trépas m'épouvante;
Je ne puis foutenir cette image fanglante.
Je crois qu'ainfi que moi, trop fenfibles, hélas !
Vous frémiriez tous deux des coups....

         O K I M A S.
                 N'en doutez pas.
Taiko dément en vain fon facré caractere;
Je refterai fon fils quand il n'eft plus mon pere;
Et pour fauver fes jours, je donnerois les miens.

AGÉNIE.

Il fut mon bienfaiteur , toujours je m'en souviens.
Le comble du malheur seroit que , vers l'abime,
On crût au malheur même échapper par le crime.
Mais , sans nous révolter, fuyons , cher Okimas;
Cherchons un doux azile au sein de mes états.

LE CORÉEN.

Nous vous y conduirons , & notre heureux courage
Saura de vos aïeux vous rendre l'héritage.

OKIMAS, *au Coréen.*

Eh bien, dès que la nuit de ses voiles obscurs
Couvrira nos projets & les rendra plus sûrs,
Rassemblez-vous sans bruit vers ce vaste portique,
Qui des dieux d'Uranka touche le temple antique.
Nous irons en secret vous y joindre tous deux.

SCENE VIII.

OKIMAS, AGENIE, URANKA.

OKIMAS.

Vous nous suivrez, seigneur. Sous un ciel plus heureux
Vous viendrez....

URANKA.

J'aime mieux souffrir avec mes freres,
Que d'aller partager des grandeurs étrangeres.
Mais, seigneur, je ne sais quel noir pressentiment

Me faifit tout-à-coup, m'agite en ce moment.
Peut-être il vient des dieux. Pour vous trep dangereufe,
Cette fuite, je crois, ne fera pas heureufe.
Je le fens à l'effroi qui me glace le fein.
Les Camis, condamnant ce funefte deffein,
Vous donnent par ma voix un avis falutaire.
Je crains fur-tout pour vous, je crains....

OKIMAS.

Qui?

URANKA.

Votre frere.
Trompé par fes difcours, vous le connoiffez mal.
Il eft ambitieux, il eft votre rival :
Son œil, qu'éclaire ici fa fombre jaloufie,
Attaché fur vos pas, les fuit & les épie.
C'eft lui qui vous perdra.

AGÉNIE.

Non, fon cœur n'eft point faux;
A l'amour, au devoir il s'immole en héros.

OKIMAS.

Il m'aime en frere; enfin dans notre état funefte,
Nous n'avons que la fuite, elle feule nous refte.
Je vais m'y préparer, recevez mes adieux;
Je jure de nouveau que, fidele à vos dieux,
Loin de vous, comme ici, mon cœur leur rendra gloire,
Et toujours d'Uranka chérira la mémoire.

URANKA.

Puiffent donc ces grands dieux, vous couvrant de leurs bras,

Eux-

Eux-mêmes vous guider dans vos nouveaux états !
Mes mains leur offriront de secrets sacrifices,
Afin qu'à votre fuite ils se montrent propices.

S C E N E   I X.

U R A N K A , *seul.*

Propices à leur fuite ! .... Ah ! la foudre en éclats
Va, pour les retenir, tomber devant leurs pas.
Interdits à l'idée, au seul mot de carnage,
Ils ont pâli d'horreur; j'en ai frémi de rage.
Quoi donc, au Coréen que je fais révolter
Je veux me joindre encore, & l'on vient m'arrêter ?
On ose devant moi s'épouvanter du crime !
Le salaire en est prêt, ils seront sa victime.
Oui, dès que de ces lieux on les verra sortir,
Soudain à l'empereur je fais tout découvrir.
Il faut que l'un par l'autre ici je les accable,
Il faut frapper enfin un coup épouvantable.
Japonois, Coréens, roi, princes ennemis,
Et toi, foible Okimas, vous timides amis,
Je veux que cette nuit ce palais vous rassemble,
Pour vous voir sous sa chûte écrasés tous ensemble.

Fin du troisieme Acte.

E

ACTE IV.

SCÈNE PREMIÈRE.

TAMMA, URANKA.

(Ils entrent tous deux de différens cotés.)

U R A N K A, *allant au-devant du prince,*
& s'inclinant profondément.

JE m'empreffe, feigneur, de venir reconnoître
Le héros qu'aujourd'hui l'on nous donne pour maître;
Et l'hommage qu'ici j'apporte à vos genoux,
Doit au cœur d'Uranka fembler d'autant plus doux,
Que, confulté tantôt par votre augufte pere,
J'ai quelque part, dit-on, au choix qu'il vient de faire.
Sur moi, fur tous les miens, trop mal connus toujours,
Vos yeux ouverts fans doute . . . .
    T A M M A.
       Ils le font. Ce difcours
Dans l'ami d'Okimas m'étonneroit peut-être,
Si cet ami n'étoit un Jammabos, un prêtre.
Sortez.

SCENE II.

TAMMA, *seul.*

FOURBE, infolent! déteftable impofteur!
Ah! le fceptre un moment ne flatteroit mon cœur,
Que pour voir fous mes pieds tous ces ferpens perfides
Vomir, en expirant, leurs venins homicides.
A mes yeux jufqu'ici l'empereur s'eft fouftrait:
Mais il me mande enfin. Le voilà qui paroit.

SCENE III.

L'EMPEREUR, TAMMA, GARDES.

TAMMA.

PÉNÉTRÉ de douleur & de reconnoiffance,
Seigneur, je fouhaitois avec impatience
De pouvoir devant vous venir les déployer,
Vous implorer, me plaindre, & vous remercier.
Si pour moi votre choix fut guidé par l'eftime,
Et que vous ayez cru votre fils magnanime,
Tout ce qui put, feigneur, m'attirer vos bienfaits,
A dû vous préparer au refus que j'en fais.
Ajoutez à vos dons la grace encor plus chere
De les reprendre tous pour les rendre à mon frere.

E ij

Banniſſez loin de lui, chaſſez les Jammabos,
Qui toujours des états redoutables fléaux,
Et ſur-tout exhalant leurs poiſons près des trónes,
Veulent ou s'aſſervir ou briſer les couronnes,
Puniſſez Uranka, perdez tous ces méchans,
Pour le malheur du monde épargnés trop long-tems;
Et dès lors avec gloire aſſis au rang ſuprème,
Dégagé de leurs fers & ceint du diadème,
Mon frere, heureuſement à ſoi-mème rendu,
Fera bénir ſon regne & chérir ſa vertu.
Mais duſſé-je encourir ici votre diſgrace,
C'eſt vainement, ſeigneur, que vous m'offrez ſa place.
Oui, ſi vers Okimas condamné ſans retour,
Je ne puis ramener votre choix en ce jour,
Vous chargerez du ſceptre une main étrangere,
Plutót que je l'enleve à celle de mon frere.

L'EMPEREUR.

Mon fils, ſans m'offenſer, votre erreur me ſurprend.
Ainſi l'on eſt aveugle, & l'on penſe ètre grand!
Parlez: que feriez-vous, ſi pour votre patrie
Il falloit que quelqu'un ſacrifiât ſa vie,
Et que tous les regards ſur vous ſeul arrètés...

TAMMA.

Ah! je vous ai déplu, puiſque vous en doutez.
N'ètes-vous pas mon pere?

L'EMPEREUR.

Eh bien, ſoyez-en digne.
Que mon fils à régner aujourd'hui ſe réſigne;

Et comme pour l'état vous iriez au trépas,
Montez de même au trône où vous place mon bras.
Il ne faut, croyez-moi, pas un moindre courage.
Mais comme un patrimoine, un heureux héritage,
On regarde toujours le droit de commander.
Ne pourra-t-on jamais se bien persuader
Que celui que le ciel punit du diadème,
Pour vivre à ses sujets, doit mourir à soi-même ;
Que revêtu pour eux de l'absolu pouvoir,
Si de son rang auguste il remplit le devoir,
Des mortels ici-bas c'est le plus misérable ;
Et s'il ne le fait pas, il est le plus coupable.
Ne me parlez donc plus de don ni de bienfait,
Et sachez d'un autre œil voir le choix que j'ai fait.
Il faut vous y soumettre, ainsi qu'une victime
Qu'à l'intérêt public immole mon estime.

S C E N E I V.

(*Le théatre est dans la nuit.*)

L'EMPEREUR, TAMMA, UN OFFICIER,
GARDES.

L'O F F I C I E R, *à l'empereur, en lui présentant*
un billet.

Seigneur, près de ces lieux & par un inconnu,
Ce billet à l'instant vient de m'être rendu.

Il renferme, a-t-on dit, un avis falutaire.

    L'EMPEREUR, *prenant le billet & faifant*
        figne à l'officier de fe retirer.

Il fuffit. Quel eft donc cet étrange myftere?

    (*Il lit.*)

" Le feu de la révolte eft tout prèt d'éclater.

„ On menace le trône & même votre vie.

„ Hàtez-vous cette nuit d'étouffer l'incendie,

„ Ou demain vos efforts ne pourront l'arrèter.

    „ C'eft par le port que l'attaque commence,

„ Et déjà le rebelle au rivage s'avance.

„ Portez-y des fecours. Les chefs de ces complots...

      T A M M A, *avec impétuofité.*

Qui les méconnoitroit? Ce font les Jammabos,

C'eft Uranka, feigneur, lui-même & tous les prètres.

Je t'en rends grace, ô ciel ! dans le flanc de ces traitres

Cette main à fon gré pourra donc fe plonger !

Dans les flots de leur fang je vais enfin nager ;

Et ma jufte fureur, en frappant mes victimes,

Vengera l'univers & punira les crimes.

J'y vole. Sur mon bras repofez-vous, feigneur.

    (*Il tire fon fabre.*)

J'en jure par ce fer, je reviendrai vainqueur.

SCENE V.

L'EMPEREUR *seul*, GARDES *dans le fond.*

HÉLAS! tu ne fais pas quel fang tu vas répandre!
Contre quels ennemis tu voles me défendre!
          (*Regardant le billet qu'il tient.*)
Moi-mème le croirai-je ? . . . Agénie ! . . . Okimas!
Enfans dénaturés, vous voulez mon trépas!
Eh bien, contentez donc votre cruelle envie.
J'abandonne à vos coups une odieufe vie.
Venez percer ce cœur qui ne peut vous hair;
La mort m'épargnera l'horreur de vous punir.

SCENE VI.

L'EMPEREUR, ILMAGIS, GARDES.

ILMAGIS.

SOYEZ moins alarmé, feigneur. Ma vigilance
A déjà du palais affuré la défenfe.
La ville eft fans danger, & le fort du combat
Ne décidera point du deftin de l'état.
Les rebelles feroient vainqueurs fur le rivage,
Qu'ils ne pourroient plus loin porter leur avantage.

L'EMPEREUR.

Mon fils fe révolter! Okimas! lui, grands dieux!
Que je croyois fi tendre & fi refpectueux!
Lui que j'aimois , malgré le bandeau déplorable...

ILMAGIS.

Ah! ceux qui l'aveugloient l'auront rendu coupable.
Quand j'ai fu vos deffeins, j'ai prévu qu'Uranka...

L'EMPEREUR.

Lui-même m'a preffé de couronner Tamma.

ILMAGIS.

A fon propre intérêt un avis fi contraire
Etoit trop vertueux pour qu'on le crût fincere ;
Et jamais le méchant n'eft plus à redouter,
Que lorfqu'il fait le bien ou paroît s'y prêter.
On a fecrétement obfervé le perfide :
Il eft des révoltés le complice & le guide.
Dès que d'un voile obfcur l'horifon s'eft couvert,
A tous les Coréens fon temple s'eft ouvert,
Et votre fils alors , fuivi de fon amante,
A dans le même lieu joint leur troupe infolente.
Tous enfemble auffi-tôt ont attaqué le port,
Et l'ont cru voir céder à leur premier effort :
Mais je l'avois pourvu de défenfeurs fidelles.
J'y conduifois encor quelques troupes nouvelles,
Quand le feu dans les yeux & le glaive à la main,
A leur tête Tamma s'eft élancé foudain.
« Arrête, m'a-t-il dit, retourne vers mon pere ;
» Je confie à tes foins une tête fi chere ;

„ Moi, je vais le venger. Amis, fuivez mes pas,
„ Et livrez fans pitié des méchans au trépas. „
Seigneur, ignore-t-il...

L'EMPEREUR.

Oui, dans ce moment même,
Combattant & fon frere & l'ingrate qu'il aime,
Par fa haine égaré, le malheureux Tamma
Avec les Jammabos croit combattre Uranka.

ILMAGIS.

La nuit dans fon erreur l'entretiendra peut-être.
La mèlée eft fanglante, & l'on ne peut connoître
A qui demeurera l'avantage.

L'EMPEREUR.

Vas, cours.
Que ma garde à mon fils porte encor des fecours.

(*Ilmagis fort avec une partie des gardes.*)

Ah! puiffe-t-on du moins faifir quelqu'un des traîtres,
Arrèter Uranka, faire fur tous les prètres
Un exemple effrayant!... Que vois-je! juftes cieux!
C'eft lui-mème! c'eft-lui!

SCENE VII.

L'EMPÉREUR, URANKA, GARDES.

L'EMPÉREUR, *fixant Uranka avec courroux.*

LA difcorde en ces lieux
A répandu par-tout le trouble & les alarmes.
Okimas révolté, les Coréens en armes...
URANKA.
Je fais tout ; & l'avis que vous avez reçu,
C'eft par mes foins, feigneur, qu'il vous eft parvenu.
(*Il lui préfente un billet.*)
Du billet qu'en vos mains a fait paffer mon zele
Reconnoiffez ici le feing & le modele.

L'EMPÉREUR, *après avoir examiné le
billet que lui préfente Uranka, & l'avoir com-
paré à celui qu'il a reçu.*
Qu'ai-je lu !... Je demeure interdit, confondu.
Quoi! c'eft vous, Uranka ... M'y ferois-je attendu?
C'eft vous à qui je dois un fi rare fervice?
O Dieu! de nos foupçons quelle étoit l'injuftice!
URANKA.
J'ai fait près d'Okimas des efforts fuperflus ;
La vertu, la raifon ne le gouvernent plus.
Egaré, furieux, prêt à tout entreprendre
Pour maintenir des droits qu'il s'obftine a défendre,

Il vouloit me prouver que mes dieux aujourd'hui
Me faifoient une loi de m'unir avec lui.
„ Refpectez, ai-je dit, la main qui vous opprime.
„ Même en faveur du ciel la révolte eft un crime.
„ De fa religion l'on doit être martir,
„ Mais fans troubler l'état il faut croire & mourir.
Cependant mes difcours, loin de calmer fa rage,
Ne faifoient que l'aigrir, l'irritoient davantage,
Et pour en détourner les finiftres effets,
J'ai feint d'entrer alors dans tous fes noirs projets.
Du palais à l'inftant il s'alloit rendre maître,
Vous étiez arrêté, l'on ofoit plus peut-être,
Si par d'adroits confeils je n'avois fu d'abord
Déterminer le prince à marcher vers le port.

L'EMPEREUR.
Mon fils, mon propre fils en vouloir à ma vie !

URANKA.
L'amour, l'ambition, la fuperbe Agénie,
Et les Bonzes fur-tout ont foufflé dans fon cœur
L'égarement, le crime, une aveugle fureur.

L'EMPEREUR.
Eh, quoi! le Bonze auffi, le Bonze méprifable...

URANKA.
A la rebellion prète un appui coupable.
C'eft le fincere aveu que m'a fait Okimas.
J'en faurai plus encor, s'il ne foupçonne pas
Que mon devoir ici trahit fa confiance.
Tout dépend du fecret de notre intelligence.

L'EMPEREUR.

Vous devez y compter, & mon cœur déformais,
Trop fûr de votre foi, s'y livre pour jamais.
Je vous l'ouvre, ce cœur que la douleur déchire.
A quelle extrèmité le fort veut me réduire!
Dieu! j'abdique le fceptre, & prêt à le quitter,
En defcendant du trône il faut l'enfanglanter!
Ah, mon cher Uranka, quel état pour un pere!

U R A N K A.

Sans doute il eft affreux, une amitié fincere
M'attachoit au coupable, & je pleure fon fort;
Mais le repos public vous demande fa mort.
Et fur-tout hâtez-la, quand vous en ferez maitre.
Ne perdez point de tems, ou les Bonzes peut-être....

L'EMPEREUR.

Je veux que les premiers au glaive abandonnés,
Demain l'aftre du jour les voie exterminés.
Je veux que leur fupplice.....

SCENE VIII.

L'EMPEREUR, URANKA, TAMMA, GARDES.

(*Tamma entre fans armes, & le défefpoir peint
fur le vifage.*)

L'EMPEREUR.

Ah, mon fils!...quoi! fans armes?
Le crime eft triomphant!

T A M M A.

Diffipez vos alarmes.

Il n'eft plus d'ennemis, & je reviens vainqueur.
Mais dieu ! quelle victoire ! elle me fait horreur.
J'ai reconnu mon frere, alors que mon épée
Hélas ! d'un fang fi cher alloit ètre trempée.
J'ai reculé d'effroi, lui-mème a treffailli,
Et vos foldats foudain l'entourant.... le voici.
J'implore fon pardon. Souvenez-vous, mon pere,
Que je fuis votre fils, & que voilà mon frere.

(*Appercevant Agénie que l'on amene auffi.*)
Quoi, ma princeffe auffi !.. qu'ai-je fait, malheureux !
Comment ne pas mourir à ce fpectacle affreux !

S C E N E   I X.

L'EMPEREUR, URANKA, TAMMA,
OKIMAS & AGENIE, *enchainés* ; GARDES.

L'E M P E R E U R, *à Okimas.*

REBELLE, où te portoit ton aveugle furie ?
Quel étoit ton deffein ? De m'arracher la vie ?
De t'immoler ton frere, & lui perçant le flanc,
De monter fur un tróne arrofé de fon fang ?
(*à Agénie.*)
Et vous, que jufqu'ici j'aimai comme ma fille,
Ne vous ai-je reçue au fein de ma famille,

Que pour y faire entrer la difcorde & l'horreur?
Complice d'un ingrat, deviez-vous dans fon cœur
Appuyer la révolte, & d'une main perfide
Contre un roi, contre un pere, armer le parricide?

O K I M A S.

Moi, feigneur, moi, vouloir attenter à vos jours?
Qui vous ofe tenir cet horrible difcours?
Uranka vous diroit, fi vous daigniez l'en croire,
Combien mon cœur eft loin d'une action fi noire.
Non, feigneur, contre vous je n'armois point mon bras;
Et fans peine à Tamma je laiffois vos états,
Pour aller dans les fiens conduire une princeffe
Dont l'hymen fut par vous promis à ma tendreffe.

L' E M P E R E U R.

Ah! ne crois pas jamais devenir fon époux.
Vas, tu ferois heureux qu'un châtiment fi doux
De ta rebellion fût l'unique falaire.
La main où tu prétends appartient à ton frere,
    (à *Agénie.*)
Madame, pour unir deux empires voifins,
Je ne puis qu'à Tamma confier vos deftins.

A G É N I E.

Mes deftins? Et qui donc, feigneur, vous en fit maître?
Depuis quand, à quel titre avez-vous penfé l'être?
Je naquis fouveraine, & n'imaginois pas
Qu'on pût donner fans moi ma main ni mes états.
Politiques trop vains, dont l'étude profonde

Eſt d'opprimer le foible & de troubler le monde,
Vous qui voulez cacher ſous les noms le plus ſaints
De votre ambition les orgueilleux deſſeins,
De quel droit oſez-vous, étant ce que nous ſommes,
Comme de vils troupeaux, vous partager les hommes?
Sachez qu'uniquement invoqué des méchans ,
Le droit de convenance eſt le droit des brigands.
La ſaine politique eſt d'ètre toujours juſte.
Seigneur, du bien public voilà la baſe auguſte,
L'intérèt des états, la loi des ſouverains,
Et le lien ſacré de la paix des humains.

L'EMPEREUR.

Avez-vous oublié qu'en mourant, votre pere
De ſon pouvoir ſur vous me fit dépoſitaire?
Me ſerois-je attendu qu'après tant de bienfaits....

AGÉNIE.

Il me faudra, cruel, les pleurer à jamais
Ces bienfaits déteſtés que votre tyrannie
Veut me faire payer du bonheur de ma vie.
Quoi! vous, de mon pays vaillant libérateur,
Vous en voulez enſuite ètre l'uſurpateur!
Je ne fus arrachée aux chaines du Tartare
Que pour gémir ici ſous un joug plus barbare!
Pourquoi donc m'apporter vos perfides ſecours?
Pour les empoiſonner, pourquoi ſauver mes jours?
Que m'importoit enfin, ſi toujours on m'opprime,
Que tel ou tel tyran me prit pour ſa victime?

(A Okimas , en se jetant dans ses bras , & met-
tant sa main dans la sienne.)

Mais, cher prince, mon cœur ne dépend que de moi,
Et je joins à ce don & ma main & ma foi.
Que témoin malgré lui du saint nœud qui nous lie,
Ton rival, ton vainqueur à tes fers porte envie,
Et qu'il ne puisse au moins, en ses transports jaloux,
T'ôter avec le jour le nom de mon époux !

T A M M A.

Ah! madame, une erreur qui seule a fait mon crime...
(à l'Empereur.)
Vous savez tout, seigneur ; rendez-moi leur estime.
Déjà ma voix ici vous imploroit pour eux.
Afin de les unir, couronnez-les tous deux.

L'E M P E R E U R.

Les unir ? couronner la révolte & l'audace ?
Ce seroit déjà trop que de leur faire grace.
(aux Gardes.)
Dans la tour du palais conduisez Okimas,
Et que de la princesse on observe les pas.
De l'état & des loix les appuis redoutables
Prononceront demain sur le sort des coupables.

(Il sort ; Tamma court détacher les fers de la
princesse , & les gardes emmenent Okimas.
Agénie veut le suivre , mais on l'en empéche ,
& elle reste dans la plus grande consternation.)

SCENE

SCENE X.

TAMMA, AGENIE, URANKA.

T A M M A, *à Agénie.*

Rassurez-vous, madame, & fiez-vous à moi
Du soin de vous sauver. Je jure.....

A G É N I E.

Laisse-moi,
Traître. A te méprifer tu m'as enfin contrainte,
Et tu peux désormais abandonner la feinte.
Ne crois plus me tromper: dans toute sa noirceur
Je vois ta perfidie & je connois ton cœur.

T A M M A.

Madame, au nom du ciel, daignez du moins apprendre...

A G É N I E.

Ote-toi de mes yeux; je ne veux rien entendre.
N'en fais-je pas affez? Fuis, dis-je, & de ce pas
D'un frere infortuné cours hâter le trépas.
On me l'avoit bien dit, que du coup qui l'accable,
Que de tous nos malheurs tu ferois seul coupable.
Je ne pouvois le croire, & tes fausses vertus
Avoient mis un bandeau fur mes yeux prévenus.
Mais le voile est tombé, confomme ton ouvrage,
Et fur-tout de ta vue épargne-moi l'outrage.

F

T A M M A , *en se retirant.*

Bientôt de votre erreur je vous ferai rougir,
Et vous verrez Tamma vous sauver ou mourir.

S C E N E X I.

A G E N I E , U R A N K A.

A G É N I E.

Ah, seigneur! c'est en vous qu'est ma seule espérance.
Faites ici du ciel éclater la puissance.
Délivrez mon amant, & j'adore vos dieux.
Je leur offre à vos pieds mon encens & mes vœux.
Ils doivent d'Okimas récompenser le zele,
Et de leurs défenseurs sauver le plus fidele.

U R A N K A.

Les dieux par l'infortune appellent les mortels;
L'asyle le plus sûr est au pied des autels.

A G É N I E.

J'y cherche aussi le mien, & c'est là qu'Agénie
Tremblante, désolée, enfin se refugie.
Je crains tout, je crois tout. Vous triomphez de moi,
Grands dieux! par vos bienfaits affermissez ma foi!
Si l'on ne nous abuse avec de vains prestiges,
S'il est vrai que vos bras daignent par des prodiges
Suspendre quelquefois l'ordre de l'univers,
Ce doit être en faveur de l'innocence aux fers.

Brisez ceux d'Okimas ; vers lui soyez mes guides !
Confondez des cruels les projets homicides !

SCENE XII.

URANKA, MURAMI.

URANKA.

Eh bien, cher Murami, je les ai tous trompés.
Ensemble dans le piege ils sont enveloppés.
En moi plus que jamais l'empereur se confie ;
Demain par mes conseils Okimas perd la vie.
La princesse elle-même, implorant Uranka,
D'outrages à mes yeux vient d'accabler Tamma.
Que n'as-tu pu la voir, craintive & gémissante,
Prendre, pour me toucher, une voix suppliante !
Le malheur a domté cet esprit orgueilleux ;
Elle croit à présent, elle invoque nos dieux,
Et me demande enfin, dans son péril extrème,
Un miracle nouveau pour sauver ce qu'elle aime.

MURAMI.

Au destin d'Okimas le nôtre est attaché.
Ce prince est votre appui. Par quel motif caché
Voulez-vous son trépas ? Que prétendez-vous faire ?

URANKA.

En punir aussi-tôt & son pere & son frere.

MURAMI.

Vous connoiffez, feigneur, la haine de Tamma.
Comment nous en défendre alors qu'il régnera?
Ce trône qu'il obtient...

URANKA.

Peut être mis en poudre.

MURAMI.

Le fceptre eft dans fa main.

URANKA.

Dans la mienne eft la foudre.
Qu'il tremble. – Mais dis-moi, les Bonzes t'ont-ils vu?
De ma protection leur as-tu répondu?
Puis-je compter fur eux?

MURAMI.

Soyez fans défiances.
Tous brûlent maintenant de fervir vos vengeances.
Ils jurent...

URANKA.

Entre nous laiffons ces vains garans;
J'en crois leur intérêt, & non pas leurs fermens.
Connois donc à préfent mon ame toute entiere,
Et de tous mes fecrets fois le dépofitaire.
Depuis plus de dix ans j'éprouve ici ta foi,
Et je peux fans réferve enfin m'ouvrir à toi.
L'heure s'approche, ami, l'heure tant defirée,
Qui livre à mon pouvoir cette vafte contrée.
De notre ambition tu fais le grand projet ;
Mais pour l'exécuter fais-tu ce que j'ai fait?

Sais-tu que ce palais, qui t'éblouit peut-être,
De la terre bientôt va soudain disparoître?
Sais-tu par quels moyens s'operent en ces lieux
Les signes éclatans, les prodiges nombreux
Dont la vue, effrayant le peuple qui m'encense,
Confond la raison même, & la force au silence?

M U R A M I.

Les dieux...

U R A N K A.

Ecoute, ami. Nous sommes sans témoin.
S'il est des dieux, crois-moi, je n'en ai pas besoin;
Je ne veux, n'attends rien de leur appui céleste;
Ils me prêtent leur nom, & mon bras fait le reste.
Un jour un malheureux, par la vague apporté,
Mourant sur le rivage à mes pieds fut jeté.
Je ne sais quel hasard voulut que, plus sensible,
Mon cœur à la pitié fût alors accessible;
Je daignai m'arrêter, & mes soins bienfaisans
Lui rendirent enfin l'usage de ses sens.
Parti d'un autre monde & des bouches du Tage,
Sur nos bords pleins d'écueils il avoit fait naufrage.
De son vaisseau brisé les précieux débris
Devoient m'appartenir, & je les recueillis:
Mais lui-même il m'offrit une poudre infernale.
Du tonnerre ici-bas redoutable rivale;
Présent le plus affreux que le sort en courroux
Ait pu faire aux humains, pour les détruire tous.
Une seule étincelle en un moment l'embrase;

F iij

Plus prompte que la foudre, elle tonne, elle écrase.
Si dans le sein du globe on pouvoit l'entasser,
Le globe, en mugissant, se verroit fracasser,
Et la terre en éclats, dans les airs emportée,
Iroit frapper des cieux la voûte épouvantée.
Juge à présent, ami, si pour notre intérêt
J'ai su mettre à profit cet important secret.
Il falloit commencer par s'en rendre le maître.
Je massacrai celui qui me le fit connoître.
Et l'on a vu dès lors ces signes merveilleux,
Dont un peuple ignorant fait honneur à nos dieux.
Mais dès long-tems ici je prépare en silence
Un prodige plus grand, & dont l'instant s'avance.
Il est sous ce palais de secrets souterreins :
De cette poudre horrible à présent ils sont pleins.
Oui, la mort endormie au fond de ces abimes,
Y doit, à son réveil, dévorer ses victimes.
Le volcan pour s'ouvrir n'attend plus qu'un flambeau,
Et tous nos ennemis marchent sur leur tombeau.

MURAMI.

Qu'ils y soient donc plongés! Que tardez-vous encore?

URANKA.

C'est dans ces mêmes lieux qu'au lever de l'aurore
Taiko, Tamma, les grands, toute la cour enfin,
Pour juger Okimas, s'assemblera demain;
Et voilà le moment qu'a choisi ma colere,
Pour entr'ouvrir sous eux les gouffres de la terre.
Mais ce n'est point assez. Il faut que cette nuit

Un grand événement au peuple foit prédit;
Que les Bonzes errans au milieu des ténebres
Faffent entendre ici des voix, des cris funebres;
Qu'entourés de linceuls, & de lambeaux couverts,
De longs gémiffemens ils rempliffent les airs,
Hurlent fur les tombeaux, en fecouant des chaines,
Annoncent des Camis les vengeances prochaines,
Menacent l'incrédule, & par-tout au Japon
Préfagent la ruine & la deftruction.
Vas leur porter mon ordre, & dis que de leur zele
Dépend un grand deffein qu'en mon cœur je recele,
Mais qui, les couvrant tous d'un immortel honneur,
Leur fera partager ma gloire & ma grandeur.
Séparous-nous. Sur-tout cache tes pas dans l'ombre.
Songe, ami, que ton chef, de fa retraite fombre,
Doit feul, guidant la foudre en cent endroits divers,
D'une invifible main embrafer l'univers.

SCENE XIII.

M U R A M I *feul.*

LE voilà donc connu, ce fecret effroyable,
Que couvrit fi long-tems un voile impénétrable!
Courons vers l'empereur. — Mais non, & qu'Okimas
Soit le feul, s'il fe peut, que j'arrache au trépas.
Tâchons de l'enlever de ce palais funefte,
Et que fous fes débris périffe tout le refte. —

F iv

Gardons-nous cependant de rien précipiter.
Des regards d'Uranka j'ai tout à redouter.
Pour mieux exterminer le maitre que j'abhore,
A ses dernieres loix obéissons encore.

Fin du quatrieme Acte.

ACTE V.

SCENE PREMIERE.

(Le théatre eſt encore dans la nuit.)

MURAMI, puis URANKA, & deux autres
JAMMABOS.

M U R A M I *ſeul.*

(Il eſt penſif, & marche lentement pour traverſer
le théatre.)

TROP ſenſible au péril & d'un pere & d'un frere,
Okimas à la mort veut auſſi les ſouſtraire.
De ſa priſon lui-même on ne peut l'enlever,
Et je m'y vois contraint, il faut tous les ſauver.
Du moins un Jammabos ne ſera pas mon maitre.

 URANKA *dans le fond, à ſes deux Jammabos.*
N'allez pas plus avant.
  (S'avançent un peu & regardant Murami.)
     (à part.)
    Le voilà. — C'eſt un traitre.
Il vient de voir le prince.

Murami, *sur le devant du théatre, prêt à sortir.*
Uranka doit périr.
Uranka, *dans le fond.*
Peut-être à l'empereur il va tout découvrir.
Avançons.

(*Il vient à Murami, & l'arrête.*)

Je te cherche, & l'heure est arrivée
Qu'à mon triomphe ici le sort a réservée.

(*Aux deux Jammabos qui font dans le fond.*)

Vos braves compagnons peuvent dans cet inftant
Etre introduits ; allez.

(*Les deux Jammabos sortent.*)

De toi je fuis content,
Ami, tu me sers bien, & tu m'as de ton zele
Donné dans cette nuit une preuve nouvelle.
D'épouvante & d'horreur tous les esprits glacés,
Tremblent du coup affreux dont ils sont menacés.
Déjà de toutes parts les temples se rempliffent ;
Les femmes, les vieillards à nos autels gémiffent :
Leurs prieres, leurs cris tâchent de repouffer
Le tonnerre qui gronde, & je vais le lancer.

S C E N E I I.

URANKA, MURAMI, fix autres JAMMABOS.

*(Les deux Jammabos rentrent alors avec quatre de
leurs compagnons. Ceux-ci portent chacun dans
une main un fablier de cryftal, & tiennent de
l'autre un flambeau non allumé: ils fe rangent
en demi-cercle autour d'Uranka & de Murami,
tandis que les deux autres reftent dans le fond
du théatre.)*

U R A N K A.

MINISTRES courageux des volontés fuprèmes,
Je remets en vos mains le pouvoir des dieux mêmes,
Et je vous ai choifis pour faire dans ces lieux
Un prodige qui venge & la terre & les cieux.
Vous voyez tout le prix de cet honneur infigne;
Mais vous le méritez, votre zele en eft digne.
Sous ce lointain portique allumant vos flambeaux,
Marchez aux fouterreins que de nos Jammabos
La main creufa jadis fous ce vafte édifice.
C'eft là qu'il faut aux dieux offrir un facrifice.
Là, quand de ce cryftal tout le fable écoulé
Vous marquera l'inftant que le ciel a réglé,
Implorez des Camis la divine affiftance,
Sur le front de l'impie appellez leur vengeance,

Dévouez au trépas l'incrédule Taiko,
Et prononçant trois fois le nom de Tenfio,
De vos flambeaux ardens frappez la poudre fainte
Qui remplit de ces lieux la redoutable enceinte :
Le ciel fera le refte, & foudain vous verrez
La gloire & les bienfaits qui vous font préparés.—
Mais quel jour m'éblouit ? D'où vient que je friffonne ?
Des ames des Camis la foule m'environne.
Parlez, efprits divins, que voulez-vous de moi ?—
Ah, qu'entends-je ! — Mon cœur en eft glacé d'effroi.-
　　(*aux Jammabos qui l'entourent.*)
Quoi, dans mes Jammabos ! quoi, parmi vous un traitre !
Quel eft-il, dieux puiffans ? faites-le moi connoitre.

MURAMI.

Arrète, fcélérat ; je vois ce que tu veux.
Et vous, connoiffez tous ce fourbe audacieux.

URANKA, *toujours parlant aux dieux.*

Quel nom prononcez-vous ? — Murami ! — Le croirai-je ?

MURAMI, *aux Jammabos.*

C'eft un fourbe, vous dis-je, un monftre facrilege.

URANKA.

Qu'ordonnez-vous, grands dieux ?

MURAMI.

　　　　　　Les prodiges qu'il fait
Ne font......

URANKA, *lui enfonçant un poignard dans le cœur.*

　　Meurs, & reçois le prix de ton forfait.

Meurs, c'eſt le ciel vengeur qui par ma main te frappe.

 (*Murami tombe mort entre les bras des deux Jam-*
  mabos reſtés dans le fond , & qui s'approchent
  pour le ſoutenir.)

Jamais au châtiment le coupable n'échappe.

 (*à ceux qui l'environnent.*)

Allez ; que cet exemple affermiſſe vos pas.

 (*Ils ſortent.*)

Craignez l'œil qui vous ſuit , on ne le trompe pas.

 (*aux deux autres Jammabos.*)

Vous , au temple prochain , en répandant des larmes,

Portez ce corps ſanglant , faites courir aux armes,

Pour venger ſur Tamma ce coup myſtérieux.

Qu'on l'en accuſe ; ainſi le commandent les dieux.

 (*Les deux Jammabos emportent le corps de Mu-*
  rami.)

SCENE III.

U R A N K A ſeul.

MAIS je dois craindre encor. De la bouche du traître

Le prince en ſa priſon à tout appris peut-être.—

Je vois ce qu'il faut faire. — Oui , ne balançons pas,

Et du même poignard . . . . Qui porte ici ſes pas ?

C'eſt Agénie en proie aux plus vives alarmes,

Pleure ; bientôt la mort viendra tarir tes larmes,

Pleure ; je vais frapper le coup dont tu frémis,
Et je fuirai des lieux qui vont être engloutis.

SCENE IV.

(*Le jour commence à paroitre.*)

AGENIE, TADNÉ.

AGENIE, *seule.*

URANKA m'abandonne! on évite ma vue,
Et l'espoir est éteint dans mon ame éperdue.

TADNÉ, *accourant.*

Ah! madame, apprenez d'où vient ce bruit confus.
L'épouvante, le deuil sont par-tout répandus.
On a vu cette nuit des spectres effroyables,
Les airs ont retenti de plaintes lamentables ;
Les morts même, dit-on, sont sortis des tombeaux,
Et des astres sanglans ont paru sur les eaux.
On va voir éclater les vengeances célestes.
Tout annonce au Japon les maux les plus funestes.

AGENIE.

Vas, ces spectres, ces cris, qui causent tant d'effroi,
Ne menacent ici que mon amant & moi.
Il n'étoit pas besoin que le ciel en colere,
Troublant l'ordre & la paix de la nature entiere,
Avec tant d'appareil m'annonçât mon malheur.

J'entends, hélas! j'entends dans le fond de mon cœur
Une voix qui me vient effrayer davantage,
Et que j'en crois bien plus que tout autre préfage.
Vers Okimas en vain j'ai voulu pénétrer;
Même dans fa prifon on me défend d'entrer.
Eh bien, j'en mouillerai la porte de mes larmes,
Mes mains s'y colleront; je braverai les armes
Des cruels qui voudroient encor m'en repouffer.
Peut-être jufqu'à lui mes cris pourront percer.
Peut-être il entendra la voix de fon amante,
Son amante pour lui craintive & gémiffante,
Qui fait vœu de ne point furvivre à fon trépas,
Et qui mourroit contente en mourant dans fes bras.
Ne me fuis point, Tadné, tàche de voir, d'entendre
Ce qu'ici l'on réfout, & reviens me l'apprendre.

SCENE V.

TADNÉ, ILMAGIS.

TADNÉ *feule.*

MALHEUREUSE princeffe! ah, fi pour te fervir
Mon fang.....

ILMAGIS, *entrant.*

Retirez-vous; l'empereur va venir.

TADNÉ.

Puis-je favoir le fort qu'à fon fils on prépare?

Seigneur, feroit-il vrai qu'un arrèt trop barbare....

ILMAGIS.

Loin de ces triftes lieux précipitez vos pas.
Retirez-vous, vous dis-je, & n'interrogez pas.

SCENE VI.

ILMAGIS *feul.*

LE crime ici fermente, il fe forme un orage
Qui gronde & va bientôt fondre fur ce rivage.
Je n'en puis pas douter; ces fpectres prétendus,
Tous ces prodiges vains, que l'on croit avoir vus,
Sont d'un complot réel le figne véritable.
Qui prédit les forfaits, veut s'en rendre coupable;
Et lui-même, s'il peut, accomplit par fes mains
Les malheurs qu'en prophete il annonce aux humains.
Mais j'ai placé par-tout des furveillans fidelles:
On épie, on rompra les trames criminelles.
Je crains les Jammabos, & c'eft toujours fur eux
Que dans les tems de trouble on doit avoir les yeux.
Leur chef en ce palais a devancé l'aurore;
L'empereur s'y confie, & je crains plus encore.
Allons favoir.....

SCENE

SCENE VII.

L'EMPEREUR, ILMAGIS, GRANDS DU JAPON, GARDES.

L'EMPEREUR, *à Ilmagis.*

ELOIGNE Agénie & Tamma.
Voici l'inftant fatal. Fais chercher Uranka,
Qu'il fe rende en ces lieux. La ville eft alarmée ;
Mais par fes foins bientôt elle fera calmée.
On l'aime, on le révere, & dès qu'il parlera,
Par-tout l'ordre, la paix à fa voix renaîtra.
J'y peux compter. Son zele eft digne qu'on l'emploie.
Cours, dis-lui qu'à l'inftant il faut que je le voie.

SCENE VIII.

L'EMPEREUR, LES GRANDS DU JAPON, GARDES.

L'EMPEREUR.

DU trône du Japon refpectables foutiens,
Interpretes des loix, guerriers & citoyens,
Qu'en ma douleur profonde autour de moi j'affemble,
Elle redouble encore à votre afpect ; je tremble,

G

Et ma voix se refuse au devoir trop cruel
De s'élever ici contre un fils criminel.
Mais en est-il besoin? chacun de vous soupire.
Ma bouche, je le vois, n'a plus rien à vous dire.
Le coupable bientôt va paroître à vos yeux,
Et vous connoissez tous son complot odieux.
   (*aux gardes.*)
Qu'on amene Okimas.— Sa grace ou son suplice
Ne dépend que de vous. Consultez la justice,
Le repos de l'état, votre propre intérêt,
Et sans songer à moi, prononcez son arrêt.
Mes larmes ne font rien. Pensez à la patrie:
Il faut qu'au bien public un roi se sacrifie;
Et quand il est le seul qui pleure en ses états,
Il doit bénir le ciel & ne se plaindre pas.   ·

SCENE IX.

L'EMPEREUR, LES GRANDS, TAMMA, GARDES.

TAMMA, *aux gardes qui veulent l'empêcher d'entrer.*

NE me retenez point, ou craignez ma colere.
Un fils peut se jeter aux genoux de son pere.
   (*Il se précipite aux pieds de l'empereur.*)
Je suis aux vôtres.

L'EMPEREUR.
Ciel !

TAMMA.

     Et j'y mourrai, feigneur,
Ou vous vous laifferez toucher à ma douleur.
Vous reçûtes des cieux un cœur tendre & fenfible.
Ah ! pour vos feuls enfans ferez-vous inflexible ?
Ami de vos fujets, bourreau de votre fang,
Pourriez-vous de vos mains vous déchirer le flanc ?
Eft-ce que la nature aux rois eft étrangere,
Et fur le trône, hélas ! n'ofe-t-on être pere ?
Eh bien, le trône même exige qu'aujourd'hui
Vous ne le priviez pas, feigneur, d'un double appui :
Car j'en jure par vous, par vos pieds que j'embraffe,
C'eft pour moi-même ici que je demande grace.
Dans l'arrêt d'Okimas on prononce le mien,
Et mon fang coulera, fi l'on répand le fien.
Mais mon frere eft fauvé ! vos yeux verfent des larmes.

L'EMPEREUR, *fe tournant vers les grands.*

C'eft à vous....

   TOUS LES GRANDS.
    Oui, qu'il vive !

TAMMA, *fe relevant avec un tranfport de joie.*

     O momens pleins de charmes !
       (*à fon pere.*)
Mon pere ! mes amis !.. dieux ! que vois-je ? Ah, cruel !
Le crime eft confommé !

        G ij

SCENE X.

Les précédens, OKIMAS, AGENIE, URANKA,
ILMAGIS, GARDES, Troupe de foldats.

(Alors Okimas mourant, foutenu par Agénie en
pleurs & par deux gardes, entre d'un coté,
tandis que de l'autre on voit un inftant après
paroître Uranka enchainé, qu'amene Ilmagis à
la têté d'un grouppe de foldats.)

L'EMPEREUR.

(à Tamma.)

QUE dis-tu?.... Jufte-ciel!

(Courant à Okimas.)

Ah, mon fils! quelle main dans ton fang s'eft rougie?
Quand je te tends les bras, qui t'arrache la vie?
Quel barbare a fur toi ...

OKIMAS.

J'ai mérité mon fort.
Celui qui m'aveugla me donne enfin la mort.

(Montrant Uranka.)

Voilà mon affaffin.

L'EMPEREUR.

Uranka? lui? ce traitre?
Ce monftre horrible?

T A M M A , *à son pere, dans un morne désespoir.*
　　　　　Eh bien, l'avois-je su connoitre?
　　L'E M P E R E U R , *à Ilmagis.*
Quoi! tu l'as donc surpris?...
　　　　I L M A G I S.
　　　　　　　Il sortoit du palais,
Quand, chargé de votre ordre, en ces lieux sans délais
Auprès de vous, seigneur, je lui dis de se rendre.
Mais vainement à lui ma voix s'est fait entendre.
Je l'ai vu plein d'effroi, refusant d'obéir,
Précipiter ses pas & tâcher de s'enfuir.
Alors par vos soldats....
　　　　L'E M P E R E U R , *à Uranka.*
　　　　　　　O monstre impitoyable!
Dis-moi quel noir démon, quelle rage effroyable
Te portoit....
　　　　O K I M A S.
　　　　　　Ecoutez ; le tems est précieux.
N'en perdez point ; fuyez de ces funestes lieux.
Ne pleurez pas, fuyez. D'une poudre infernale
Sous ce palais bientôt l'explosion fatale
Vous enseveliroit dans des torrens de feux.
J'ai su par Murami tout ce complot affreux.
L'approche d'un flambeau, la plus foible étincelle
Embrase en un moment cette poudre mortelle,
Et de son sein brûlant soudain avec fracas
S'échappe & vole au loin la foudre & le trépas.
Aussi vous avez vu ces prodiges terribles
　　　　　　　　　　　　　　G iij

Qu'à tout l'art des mortels je n'ai pas cru poffibles,
Et dont, je l'avoûrai, le preftige impofant
M'a conduit dans l'erreur & dans l'égarement.
Enfin dans ma prifon le confident du traître
Vient de me découvrir les crimes de fon maitre.
A peine il me quittoit pour vous les révéler,
Que ce monftre accourant eft venu m'immoler.
J'ai tombé fous fes coups; mais, trompant fa furie,
Les dieux m'ont confervé quelques reftes de vie,
Pour vous fouftraire au fort qu'il vous a préparé.
Car Murami fans doute avant moi maffacré,
N'a pu.... Ma voix s'éteint & mes genoux s'affaiffent.
Mon pere, ne fongez qu'aux périls qui vous preffent.
Tendre amante, cher frere, étouffez vos douleurs.
Soyez unis tous deux...Vivez...Fuyez...Je meurs.

> (*Okimas expire entre les bras d'Agénie & de
> Tamma. L'empereur fe jette fur fon corps, l'em-
> braffe & le baigne de larmes. Un morne filence
> regne un moment fur la fcene; mais l'agitation
> & l'effroi s'y répandent bientôt.*)

I L M A G I S, *allant à l'empereur, & le retirant de*
deffus le corps d'Okimas.

Seigneur, que faites-vous? Quel aveugle délire....
Ce fils n'eft plus. Songez au falut de l'empire,
A vos fujets, à vous. La mort eft fous nos pas.
Suivez-moi, fuyons tous.

T O U S   L E S   G R A N D S.
Fuyons.

*(Ilmagis & tous les grands , dans une agitation
extrême , se préparent à sortir , & entraînent
déjà l'empereur , Agénie & Tamma , à qui ils
ont enlevé le corps d'Okimas , qui reste étendu
& à moitié caché sur un côté du théâtre.)*

SCENE XI.

Les précédens , U N O F F I C I E R.

L'O F F I C I E R , *arrivant avec précipitation.*

NE sortez pas.

ILMAGIS.

Hâtons-nous.

L'O F F I C I E R.

Arrêtez , ou votre perte est sûre.
Ce n'est plus un bruit sourd , un foible & vain murmure.
Tout le peuple en fureur assiege le palais.
Le Jammabos , le Bonze unis pour les forfaits.
Le poignard à la main , poussent des cris de rage,
Animent la révolte & pressent le carnage.
Le corps de Murami devant eux est porté.
A vos ordres , seigneur , ce meurtre est imputé ,
Et d'imprécations par-tout on vous accable.
On demande Uranka. De ce nom formidable
La ville retentit ; c'est le signal affreux,
Qui conduit au combat tous ces séditieux.

G iv

Les gardes qui veilloient dans la premiere enceinte,
Viennent d'être forcés ; de leur fang elle est teinte.
Mais par un mur d'airain ce féjour défendu,
Et de braves guerriers nouvellement pourvu, .
Contre tous les dangers vous offre un fûr afile.
Demeurez-y fans crainte , & bientôt dans la ville
De tous les forts voifins vos foldats defcendus
Feront fuir devant eux les mutins éperdus.

ILMAGIS.

Dieux ! quel coup accablant! quelle image effrayante!
La mort de tous côtés à nos yeux fe préfente!
Il n'eft plus d'efpoir.

TOUS LES GRANDS.

Ciel !

URANKA, *jouiffant alors de la conflernation*
générale , & s'abandonnant à toute fa rage.

Je triomphe à préfent.

Le trépas à ce prix m'eft cher, je meurs content ;
Je meurs environné de toutes mes victimes,
Et les traîne après moi dans le fond des abimes.
Volcans, gouffres de feux , fous nos pas ouvrez-vous!
Palais, murs déteftés, renverfez-vous fur nous !
Tombez! fous vos débris écrafez-nous enfemble,
Et qu'aux enfers encor le malheur nous raffemble!

SCENE XII.

Les précédens, un autre OFFICIER.

L'OFFICIER, *à l'empereur.*

SEIGNEUR, des Jammabos, dont nos yeux vigilans
Suivoient ici la marche & tous les mouvemens,
Viennent d'être arrêtés. Ils alloient s'introduire
Aux secrets souterreins que fit jadis construire
Notre dernier Dairi. Je les ai mis aux fers.

URANKA.

O rage! ó désespoir! ils sont donc découverts!
Ciel! un moment plus tôt!

L'OFFICIER.

On vient d'apprendre encore
Que le grand empereur dont la Chine s'honore,
Par d'autres Jammabos alloit être égorgé,
Lorsque dans ce péril le ciel l'a protégé.

URANKA.

Dieux que j'abhorre! ó dieux! ma vengeance est manquée!

L'EMPEREUR.

De tous tes attentats la fin étoit marquée.
Que ce monstre à l'instant soit ôté de mes yeux,
Et qu'on le garde ici pour un supplice affreux!
Que lui, que tous les siens, horreur de la nature,
Dans les feux, les tourmens rendent leur ame impure;

Qu'ils foient anéantis ; & qu'enfin l'univers,
Agité trop long-tems par leurs complots pervers,
Et dont leur fol orgueil vouloit fe rendre maître,
De fa face les voie à jamais difparoitre.

    (*aux grands.*)

Vous, allez détromper ce peuple prévenu.
Publiez, atteftez ce que vous avez vu.
Dévoilez devant lui tous les crimes des traitres,
Et qu'en fervant les dieux il détefte les prètres !

    (*On emmene Uranka, & Ilmagis fort avec les
deux officièrs & tous les grands.*)

SCENE XIII.

L'EMPEREUR, AGENIE, TAMMA, GARDES.

    A G E N I E, *fixant le corps d'Okimas.*

Tu n'es plus, cher amant! Qu'importe à ma douleur
Qu'à tous tes affaffins on arrache le cœur,
Que de ces fcélérats la terre foit purgée ?
Te pleurerai-je moins, quoique je fois vengée ?

    (*à l'empereur qui paroit plongé dans le défefpoir.*)

Je refpecte, feigneur, l'état où je vous vois.
Frappés du mème coup, nous gémiffons tous trois.
Hélas! du bien public l'enthoufiafme augufte
Vous a quelques momens fait ceffer d'ètre jufte.
Pour unir au Japon un empire voifin,

Vous vouliez malgré moi difpofer de ma main.
Peut-être de l'état la raifon vous excufe ;
Mais voilà votre ouvrage, & ce fang vous accufe.

(*à Tamma.*)

Prince, je vous remets le fceptre malheureux
Qu'à votre frere ici j'offris avec mes vœux,
Ce fceptre qui pour lui fut un don fi funefte,
Qui caufa tous nos maux , & que mon cœur détefte.
Faites aux Coréens chérir votre vertu ;
Je leur rends dans Tamma plus qu'ils n'auront perdu.
Pardonnez mes foupçons, confolez votre pere ,
Régnez , & laiffez-moi rejoindre votre frere.

(*Elle tire un poignard & veut s'en frapper , mais*
on l'arrête.)

TAMMA , *lui arrachant le poignard.*

Qu'alliez-vous faire? O dieux !

AGENIE.

Terminer mes malheurs.

L'EMPEREUR , *la preffant contre fon fein.*

Ma fille , tendre objet que je baigne de pleurs,
Daigne prendre pitié de ma trifte vieilleffe !
De mes tremblantes mains fur mon fein je te preffe ;
Ne me repouffe pas. Ma fille , mes enfans ,
Ne fermez point votre ame à mes gémiffemens ;
Ou du moins écoutez ceux de votre patrie.
Songez qu'à plus d'un peuple appartient votre vie.
Vous ne pourriez trancher, fans être criminels,
Des jours où font liés les deftins des mortels.

SCENE XIV & *derniere.*

L'EMPEREUR, AGENTE, TAMMA, ILMAGIS, GARDES.

I L M A G I S, *à l'empereur.*

SEIGNEUR, tout eſt calmé. Cette foule égarée
Soudain dans le devoir à ma voix eſt rentrée;
Et lorſque par les grands elle a des Jammabos
Appris les noirs forfaits, les funeſtes complots,
Sur ces chefs impoſteurs tournant toute ſa rage,
Elle en a devant nous fait un affreux carnage,
Et demande à grands cris qu'on lui livre Uranka.
L'EMPEREUR.
Oui, bientôt à leurs yeux le monſtre expirera.
(*Montrant le corps d'Okimas.*)
Mais à ce triſte objet de nos larmes ameres,
Allons rendre d'abord les honneurs funéraires.
Que de loin ſon tombeau montre à tous mes ſujets
De la crédulité les ſiniſtres effets.
O ſuperſtition ! mon fils eſt ta victime !
Puiſſe ici ſon trépas être ton dernier crime !
Puiſſe ſon ſang, verſé par des prêtres cruels,
Sur une race impie ouvrir l'œil des mortels;
Et que du ſein des maux dont notre cœur ſoupire,
Naiſſe au moins le bonheur de l'un & l'autre empire !

Fin du cinquieme & dernier Acte.

REMARQUES

A L'OCCASION

DES JAMMABOS.

(1)

O toi le plus grand des rois , & le meilleur des hom-
mes , toi dont le nom . . . . réveille dans tous les
cœurs le souvenir du fanatisme des prêtres & des
attentats des moines , &c. . .

Epître dédicatoire.

HENRI IV naquit au milieu des troubles de religion qui défoloient alors la moitié de l'Europe, &
dont la vente des indulgences avoit été la premiere
fource. Nourri dans la doctrine des novateurs, élevé
dans leur camp, il vit lever fur lui, comme fur eux,
les poignards de la S. Barthélemi, & il n'évita qu'à
peine le fort de foixante mille François égorgés au
nom de Dieu, par la main de leurs freres, & par
l'ordre de leur roi. Maffacre épouvantable, qui a
été loué par les prêtres , & que l'enfer même dé-
favoue.

Bientôt fe forma cette ligue prétendue fainte, au-
torifée par le pape, foutenue par le clergé, & qui
enfanta tant de malheurs & de crimes. L'audacieux
Sixte - Quint anathématifa le roi de France, quoiqu'il fût catholique ; & le roi de Navarre, parce qu'il
ne l'étoit pas. Il appella celui-ci *génération bâtarde*
& déteftable de la maifon de Bourbon ; il légitima
contre celui-là les fureurs de la révolte, & les coups
des affaffins. La Sorbonne déclara *Henri III* déchu
du trône ; les confeffeurs refufoient l'abfolution à
ceux qui lui reftoient fideles ; les prédicateurs l'in-
vectivoient, le maudiffoient en chaire ; tous les
prêtres, tous les moines animoient contre lui la
fédition & le fanatifme ; & plein de leur efprit, encouragé par leurs difcours & communié par leurs
mains, le dominicain *Clément* alla enfin lui plonger
un poignard dans le fein. A cette nouvelle, on tira le
canon à Rome, prefque tous les pays catholiques
firent des réjouiffances, le panégyrique du moine
parricide fut prononcé dans les églifes, & les prêtres placerent fon image fur les autels.

Alors les révoltés redoublerent d'efforts & de rage
pour exclure *Henri IV* du trône de la France. Les
jéfuites étoient l'ame de la ligue, leur pere *Mathieu*
en étoit *le courier*. Il alloit fans ceffe de Paris à Rome
& en Efpagne folliciter des bulles, des foldats & de
l'argent. Quand le pape *Urbain*, fucceffeur de *Sixte*,
envoya une armée aux ligueurs, le jéfuite *Nigri* y

mena les novices de fon ordre pour la renforcer encore. La Sorbonne donna un nouveau décret contre *Henri IV.* Les prêtres & les moines prirent l'épée, endofferent la cuiraffe, & jurerent de ne jamais le reconnoitre. Lors même qu'il fut rentré dans le fein de l'églife, fon chef coupable perfifta long-tems à le rejeter ; fes indignes miniftres continuerent à le méconnoitre. Il fallut un arrêt du parlement, pour les obliger à prier Dieu pour ce bon roi, & il fembla que, depuis fon abjuration, tous les ordres de la hiérarchie eccléfiaftique fe difputaffent la gloire de fournir ou de fufciter des affaffins contre fa perfonne.

Le jéfuite *Jacques Commolet* prêcha dans S. Barthélemi qu'il *failoit un* AOD, *fût-il moine, fût-il foldat, fût-il berger.* Le premier qui tenta de le devenir, s'y vit encouragé par un curé de Paris & par un recteur des jéfuites. Le malheureux *Barriere* fubit la peine de fon crime ; mais le curé *Aubry* & le jéfuite *Varade* trouverent un afyle dans la maifon du légat du pape, qui les emmena à Rome, & ils ne purent être écartelés qu'en effigie. L'exemple de *Barriere* ne tarda pas à être fuivi par *Chatel.* Ce jeune homme, élevé au college des jéfuites, voulut mettre en pratique les leçons qu'il y avoit reçues, & il bleffa *Henri IV* à la levre. Le P. *Guignard* fut brûlé avec les horribles écrits qu'il avoit compofés, & où l'on trouva ces propres mots : *fi on peut guerroyer le Béar-*

nois, qu'on le guerroye; si on ne peut le guerroyer, qu'on l'assassine. Toute la société de Jésus, coupable de la même doctrine, fut bannie de France par le parlement, & l'on en dressa même un monument public.

Mais dans ces tems malheureux, le pouvoir du fanatisme & des prêtres étoit plus grand que celui de la raison & des loix. On fit en France l'apologie de *Chatel* & de *Guignard*, on condamna à Rome l'arrêt qui les avoit condamnés, & bientôt d'autres assassins marcherent sur leurs traces. Un chartreux imbécille se proposa de gagner le ciel en conspirant contre le roi, & le bon *Henri* lui fit grace. Un vicaire de Paris eut le même desir, mais il en reçut le prix de la main du bourreau. Deux jacobins de Flandre, dignes confreres de *Jacques Clément*, vinrent exprès en France pour l'imiter; leur complot fut découvert, & ils l'expierent à la potence. Un frere capucin de Milan arriva encore à Paris dans le même dessein, & fut puni du même supplice. Enfin *Ravaillac* exécuta ce que tant d'autres avoient entrepris sans succès. Ce monstre, jadis novice chez les feuillans, dans le tems que ces moines étoient des ligueurs furieux, avoit, en sortant du cloître, emporté l'esprit & la rage qui y régnoient. Dès lors tous les poisons avoient secrétement fermenté dans son ame. Perdu de superstitions & de crimes, se confessant & communiant souvent, il entendit dire que

Henri

Henri IV alloit faire la guerre au pape, & fur ce bruit ridicule, le miférable vint d'Angoulème poignarder le meilleur de nos rois.

Ce prince craignoit depuis long-tems d'être enfin la victime du fanatifme des peuples & de la haine des prêtres. Il redoutoit fur-tout les jéfuites, qu'il trouvoit toujours melés dans toutes les confpirations qui fe tramerent contre lui, & il s'étoit en 1603 déterminé à les rappeller. " Par néceffité, „ difoit-il à M. de Sully, il me faut faire à prefent „ de deux chofes l'une; à favoir, d'admettre les „ jéfuites purement & fimplement, les décharger „ des diffames & opprobres defquels ils ont été „ flétris, & les mettre à l'épreuve de leurs tant „ beaux fermens & promeffes excellentes; ou bien „ de les rejetter plus abfolument que jamais & leur „ ufer de toutes les rigueurs & duretés dont l'on fe „ pourra avifer, afin qu'ils n'approchent jamais de „ moi, ni de mes états; auquel cas il n'y a point „ de doute que ce ne foit les jetter dans le dernier „ défefpoir, & par icelui *dans les deffeins d'attenter* „ *à ma vie; ce qui la rendroit fi miférable & lan-* „ *goureufe, demeurant ainfi toujours dans les dé-* „ *fiances d'être empoifonné ou bien affaffiné, (car* „ *ces gens-là ont des intelligences & des correfpon-* „ *dances par-tout, & grande dextérité à difpofer les* „ *efprits ainfi qu'il leur plaît)* qu'il *me vaudroit* „ *mieux être déjà mort.* „ Henri IV chercha donc

H

à gagner ceux dans lefquels il avoit peur de trouver des empoifonneurs ou des affaffins, & il ne ceffa
jufqu'à fa mort de les combler de bienfaits.

(2)

Réjouis-toi, ombre illuſtre. Ils (les prêtres & les
moines) *ne font plus aujourd'hui tels que ton
ſiecle les a vus.*
Epitre dédicatoire.

Cet heureux changement eſt dû au progrès des
lumieres & de la raifon. L'efprit philofophique,
femblable au feu élémentaire, a pénétré par-tout,
& a pour ainfi dire régénéré tous les ordres. En vain
quelques individus, peut-être même quelques claffes
d'hommes lui font encore rebelles, ou par intérêt,
ou par préjugés; l'impreffion eft donnée; &, loin
de pouvoir en arrêter l'effet, ils feront entraînés
eux-mêmes dans le mouvement général. Toutes les
vues fe font tournées vers l'utilité publique, & l'on
a reconnu qu'elle étoit la vraie bafe de la législation
& de la morale. Des pafteurs auffi diftingués par
leur mérite que par leurs dignités, s'occupent avec
ardeur de la réforme des couvens. On a déjà fupprimé l'abus révoltant de laiffer prononcer dans l'enfance les vœux monaftiques. Depuis plufieurs fiecles, l'avarice facerdotale vendoit à la vanité mon-
daine le droit de paver de cadavres le temple du

Seigneur, & d'y infecter l'air qu'y respirent les fideles. Un illustre prélat, cher aux lettres qu'il cultive, à l'humanité qu'il soulage, & à la religion qu'il sert en la dégageant des abus qu'elle réprouve, monseigneur l'archevêque de Toulouse a eu le courage de s'élever contre cet usage indécent & meurtrier. On ne peut, sans être attendri jusqu'aux larmes, lire le mandement que monseigneur l'évêque de Lescars a publié en 1776, pour exhorter à secourir les laboureurs ruinés par les ravages de l'épizootie la plus affreuse.

Que l'on aime à voir cet orateur vraiment évangélique se mettre lui-même avec tout son clergé dans le nombre de ceux qui doivent concourir au soulagement général ! « Un si noble devoir, s'écrie-t-il, » nous regarde à double titre ; nous, ministres du » Seigneur, nourris des dons offerts sur ses autels, » *enrichis des largesses des peuples* ; nous qui, *mois-* » *sonnant où nous n'avons pas semé, & recueillant* » *où nous n'avons pas labouré*, jouissons de la rosée » du ciel & de la graisse de la terre. Refuser à Dieu, » en la personne de ses enfans, une partie de ses » bienfaits, *la refuser aux descendans des peres qui* » *nous ont enrichis aux dépens de leur postérité, à* » *ceux même qui partagent avec nous le fruit de* » *leurs travaux*, ce seroit & pour vous, riches du » siecle, & pour nous, ministres des autels, je ne » dis pas une injustice, mais un sacrilege ; je ne

H ij

„ dis pas une ingratitude, mais un homicide digne
„ du courroux du ciel & *de l'animadverfion des*
„ *hommes.* „

Enfuite, rappellant à fes diocéfains les ordonnan-
ces rendues dans des tems de calamité, pour former
des contributions & pour dépouiller même les églifes
de leurs ornemens, " voulez-vous, continue-t-il,
„ qu'armés de ces loix & conduits par les magiftrats
„ qui en font les dépofitaires & les organes, les
„ pauvres vous demandent, riches du fiecle, la por-
„ tion de l'héritage que vous leur retenez? Voulez-
„ vous qu'entrant dans nos temples (*car le temple*
„ *eft fait pour l'homme, & non pour l'Eternel qui*
„ *n'en a pas befoin*) ils dépouillent le fanctuaire de
„ fes ornemens les plus précieux, *fans que les mi-*
„ *niftres des autels aient le droit de l'empêcher ni de*
„ *s'en plaindre?* Voulez-vous que de la maifon du
„ Seigneur ils paffent dans celle du prêtre & du lé-
„ vite, & que, *les trouvant plongés dans l'abondance*
„ *& la molleffe, ils s'indignent à leur afpect, ils*
„ *s'emportent à des reproches, & les appellent en*
„ *jugement comme raviffeurs des biens qui leur furent*
„ *confiés pour un plus digne ufage?* „

Que cette éloquence eft touchante, fur-tout dans
la bouche d'un évêque qui, agiffant comme il
parle, donne en même tems plus d'une année de fes
revenus, & partage *trente mille livres* aux pauvres
de fon diocefe! Que ce langage eft beau, mais qu'il

est différent de celui qu'on tenoit autrefois ; qu'il est différent du langage de *Boniface VIII*, ce pape qui, dans une bulle scandaleuse, décida *qu'aucun clerc ne doit rien payer au roi son maître, sans permission expresse du souverain pontife* ; ce pape qui fut assez téméraire pour écrire à *Philippe le Bel : sachez que vous nous êtes soumis dans le spirituel comme dans le temporel* ; & qui enfin poussa l'insolence & la folie jusqu'à donner le royaume de France à *Albert d'Autriche*, jusqu'à dire dans une autre bulle du 8 septembre 1303, que, *comme vicaire de Jésus-Christ, il a le pouvoir de gouverner les rois avec la verge de fer, & de les briser comme des vases de terre* ; qu'il *déclare Philippe excommunié* ; qu'il *défend sous peine d'anathéme de lui obéir & de lui rendre aucun service*, & qu'il *l'avertit de trembler à la vue de l'arc préparé pour le percer !*

Le roi de France, il est vrai, fit brûler toutes les bulles du pontife romain, & lui répondit, à ce qu'on prétend, par ces mots énergiques : *à Boniface, prétendu pape, peu ou point de salut. Que votre très-grande fatuité sache que nous ne sommes soumis à personne pour le temporel.* Philippe, aussi vindicatif que son ennemi étoit insolent, ne s'en tint pas là ; il l'envoya châtier personnellement en Italie, & voulut, quand *Boniface* fut mort, qu'on fît le procès à sa mémoire. Il demandoit même qu'on exhumât ses os, pour les faire brûler par la main du bourreau. Mais fi la fermeté du monarque rendit vains tous les attentats du prêtre, ils n'en étoient pas moins affreux, & nous remarquerons encore que pendant bien des fiecles on a vu beaucoup de papes avoir l'audace de *Boniface*, & peu de fouverains leur réfifter avec le courage & le fuccès de *Philippe*.

(3)

Le regne de la fuperftition eft paffé ; mais les plaies
qu'elle fit à ton peuple, ne font pas toutes fermées.

Epitre dédicatoire.

Tout le monde convient aujourd'hui que la révocation de l'édit de Nantes a été un des grands malheurs de la France. Il en fortit près de cinq cents mille perfonnes qui, portant chez l'étranger leurs richeffes & leur induftrie, allerent y chercher le repos & la tolérance qu'ils ne trouvoient plus dans leur patrie. Et dans quel tems s'avifa-t-on de les y perfécuter ? Dans le tems où, ceffant abfolument d'être dangereux, ils étoient depuis cinquante ans des fujets foumis & des citoyens utiles & paifibles. La derniere guerre de religion avoit fini par la prife de Montauban en 1629. Après avoir rapporté cet événement, *d'Avrigni*, quoique jéfuite, ajoute en termes exprès [1] : *l'audace des huguenots tomba*

[1] Mémoires pour fervir à l'hiftoire univerfelle de l'Europe, depuis 1600 jufqu'en 1715, t. II, p. 48.

avec leurs places de sûreté, & ils devinrent bons François, dès qu'ils furent hors d'état de devenir rebelles.

Ce furent pourtant *ces bons François*, contre lesquels le clergé, les jésuites & quelques ministres cruels animerent *Louis XIV*. On commença par saisir tous les prétextes de les tourmenter, tous les moyens de les détacher de leur religion. On tâcha d'abord de faire des conversions avec de l'argent & des sermons. Comme l'un & l'autre ne réussissoient pas autant qu'on l'eût voulu auprès des grandes personnes, on imagina de s'adresser aux petits enfans; on les autorisa à abjurer dès l'âge de sept ans, & sous ce prétexte on osa les enlever à leurs parens. Les persécuteurs soutinrent ces premieres violences par de plus grandes; ils firent aux missionnaires succéder des gens de guerre. Tous les réformés qui ne voulurent pas changer, furent livrés à la licence d'une soldatesque effrénée; on autorisa tous les excès, hors le meurtre, à l'égard de ceux qu'on vouloit persuader de la sainteté de notre religion; & cette exécution militaire fut nommée *Dragonade*, parce que les Dragons, mal disciplinés alors, y commirent le plus de désordres. Ce fut dans la même année, en 1685, que l'exercice de la religion prétendue réformée fut interdit dans tout le royaume, & qu'on cassa l'édit de Nantes, auquel depuis long-tems on n'avoit plus d'égard.

Il est certain que les huguenots n'étoient point coupables, quand alors on les traita avec tant de cruauté. Il est certain encore que l'horreur de cette persécution ne doit point être imputée à *Louis XIV* que l'on trompa, mais aux hommes durs qui lui conseillerent d'user de rigueur, & qui dans l'exécution changerent cette rigueur en une véritable barbarie.

Tous les François n'ont à présent qu'une voix pour la condamner. Mais il s'est rencontré de nos jours un prêtre qui a osé faire l'apologie du massacre de la *Saint-Barthelemi*, & il étoit réservé à un autre prêtre de prendre le parti des *Dragonades*. C'est ce que vient de faire l'auteur actuel d'une petite feuille, dans laquelle, chaque semaine pour deux sols dix deniers, il envoie francs de port dans toutes les provinces les *affiches & annonces* des terres & des livres, avec des extraits infideles, des jugemens faux, des absurdités fréquentes & des contradictions ridicules. Après avoir rapporté [1] un passage des Mémoires du maréchal *de Berwick*, qui proteste *qu'il n'y a sorte de crimes dont les Camisards ne fussent coupables*, M. *l'abbé de Fontenai* s'écrie: *que deviennent à présent toutes ces doléances sur les Dragonades, tous ces prônes philosophiques sur la tolérance qu'il falloit avoir pour les Camisards? Si la*

____

[1] Affiches, annonces & avis divers, vingt-sixieme feuille hebdomadaire du premier juillet 1778, page 103.

sévérité est quelquefois nécessaire, pouvoit-elle jamais être exercée avec plus de justice que contre de pareils scélérats ?

Mais vous-même, monsieur l'abbé, savez-vous ce que devient cette belle exclamation ? Elle devient la preuve la plus complete de votre mauvaise foi ou de votre ignorance. Les huguenots qui furent les victimes des *Dragonades* en 1684 & 1685, étoient des citoyens paisibles, que le grand *Colbert* aimoit, qu'il avoit employés avec succès, & qui n'avoient d'autre crime que celui d'être attachés à la religion de leurs peres. Voilà ceux à qui l'on envoya des *Dragons* pour vivre chez eux à discrétion, & les convertir à coups de plat de sabre. Ils prirent la fuite autant qu'ils le purent ; & malgré toutes les précautions du gouvernement, cinq cents mille d'en-tr'eux sortirent de France dans l'espace de trois ans. Mais il en resta un grand nombre, & la secte ne fut qu'opprimée sans être détruite. Or c'est toujours dans les tems d'oppression & de persécution que le zele de religion se change en enthousiasme & fait des furieux. Bientôt dans les montagnes du Languedoc & du Dauphiné il s'éleva des prophetes & des prophétesses ; leur nombre s'augmenta, l'esprit de fureur & de fanatisme se répandit par degrés, & il éclata enfin en 1703.

Rien n'est plus vrai sans doute que le rapport de M. *de Berwick*. Les révoltés des Cévennes, que l'on

nomma *Camifards*, étoient des brigands & des scélérats. Perfonne ne l'a jamais contelté. *Le maréchal
de Montrevel*, dit *Voltaire* [1], *fit la guerre à ces
miférables, comme ils méritoient qu'on la leur fît. On
roue, on brûle les prifonniers.* Si M. *l'abbé de Fontenai* voit dans ce langage *un prône philofophique
fur la tolérance qu'on devoit avoir pour les Camifards*, l'on doit avouer qu'il fe connoit en fermon
comme en philofophie, & que fon difcernement
égale fa fcience dans l'hiftoire, fur-tout dans la chro-
nologie ; car les deux événemens qu'il confond fe
trouvent féparés par un long intervalle. Les *Dragonades* ont précédé de dix-huit ans la naiffance &
les crimes des *Camifards ;* elles n'avoient donc rien
de commun avec eux, fi ce n'eft que fans les *Dragonades* & la révocation de l'édit de Nantes, les
Camifards n'euffent certainement pas exifté.

Telle eft la maniere ordinaire de ce journalifte.
Il ne s'agit point ici de relever une de fes bévues,
mais de montrer l'efprit qui l'anime. C'eft celui du
doux Caveirac ; & notre abbé, non moins *doux*,
ne fait une erreur volontaire que pour avoir le plaifir
de louer une perfécution odieufe : il n'affecte de
confondre deux faits diftincts, deux époques très-
différentes, qu'afin de faire, felon fon ufage, une
fortie fur la tolérance & la philofophie. L'ami des

[1] Siecle de Louis XIV, t. III, p. 166.

Dragonades ne peut ètre celui des philofophes : auffi déclame-t-il fans ceffe contr'eux, & toujours avec la mème juftefle & le mème avantage. Nous en citerons encore quelques exemples.

Charlemagne, dit-il [1]*, avoit été trop grand homme & trop religieux pour que M.* de Voltaire *n'en ait pas défiguré le caractere. Il l'a peint en Efpagne comme un prince fupérieur aux préjugés de la religion, & prefque digne des honneurs de la philofophie : il l'a reprefenté en Allemagne comme un fanatique fougueux, qui fe plait à faire égorger de malheureux Saxons.*

Ouvrons *l'Effai fur l'hiftoire univerfelle* & voyons comment *Voltaire* s'exprime au chapitre onzieme. *Charlemagne, dit-il, le plus ambitieux, le plus politique & le plus grand guerrier de fon fiecle, fit la guerre aux Saxons trente années avant de les affujettir pleinement ..... voulut les lier à fon joug par le chriftianifme ..... leur laiffe des miffionnaires pour les perfuader & des foldats pour les forcer ..... fait maffacrer quatre mille cinq cents prifonniers au bord de la petite riviere d'Alre. C'eft l'action d'un brigand, que d'illuftres fuccès & des qualités brillantes ont d'ailleurs fait grand homme ...... L'émir de Sarragoffe en 778 vint jufqu'à Paderborn prier Charlemagne de le foutenir contre fon fouverain. Le prince*

[1] Affiches du 5 août 1778, n. 31, p. 122.

*françois prit le parti de ce mufulman , mais il fe
donna bien garde de le faire chrétien. D'autres in-
terêts , d'autres foins.*

Voilà mot à mot ce que *Voltaire* dit de *Charlemagne.* Je demande à préfent *s'il l'a repréfenté en
Allemagne comme un fanatique fougueux , & en Efpagne comme un prince prefque digne des honneurs de
la philofophie.* Il ne le repréfente par-tout que comme
un roi guerrier, cruel & politique, qui agit toujours conformément aux vues de fon ambition , &
qui maſſacre, baptiſe ou fecourt les infideles , felon
que fon intérêt l'y engage. Mais M. *l'abbé de Fontenai* fe plaît à *défigurer* ce portrait , pour fe donner
le droit d'outrager *Voltaire* ; & fier du titre qu'il
s'eft fait par le menfonge, un chétif auteur *d'affiches*
a l'audace d'accuſer *d'abfurdes déclamations* & *de
contradiction puérile* le plus grand écrivain qui ait
jamais brillé dans le monde littéraire.

C'eft le 5 août que notre critique a cette audace,
c'eft le 5 août qu'il nous peint *Charlemagne* égor-
geant les Saxons comme *un roi chrétien qui punit
des ennemis & des rebelles ;* & la femaine fuivante,
[1] en cenfurant la partie hiftorique du *Cours d'é-
tude à l'ufage des éleves de l'école royale militaire,*
le même homme s'écrie , *qu'étoit-il nécefſaire de
retracer les cruautés de Charlemagne envers les Saxons?*

[1] Affiches du 12 août 1778 , n. 32, p. 126.

Vous convenez donc à préfent, monfieur l'abbé, qu'il étoit cruel ; mais vous êtes faché qu'on le dife? Voyons pourquoi.

On a prouvé [1] *que ce grand prince étoit bien éloigné de tout efprit de fanatifme.*

Oui, fans doute, Voltaire l'a prouvé, & je viens de prouver auffi que vous aviez dit une fauffeté, en affirmant qu'il l'avoit repréfenté *comme un fanatique fougueux.* Mais l'ambition fait-elle commettre moins de cruautés que le fanatifme, &, fi l'on eft égorgé, qu'importe que ce foit pour l'amour de Dieu ou pour l'intérêt d'un tyran?

Toutes les déclamations [2] *contre les croifades, l'orgueil des pontifes, la corruption des prêtres & des moines ne font pas plus utiles.*

Vous vous trompez, monfieur l'abbé ; elles fervent à empêcher que l'épidémie des croifades ne revienne, que le feu du fanatifme ne fe rallume, que les apologiftes de *la faint Barthélemi* & des *Dragonades* n'échappent à l'indignation générale : elles fervent à arrêter l'orgueil & les entreprifes des pontifes, à oppofer une digue à la corruption des prêtres & des moines ; & s'ils ne font plus tels qu'on les a vus autrefois, c'eft que l'hiftoire, en nous retraçant continuellement leurs crimes & leurs fureurs

[1] Ibid.
[2] Ibid.

paſſées, les a mis eux-mêmes dans la néceſſité d'en rougir & dans l'impuiſſance de les renouveller.

Nous croyons [1] *qu'on devroit laiſſer dans l'oubli ces ſortes de tableaux, dont les eſprits foibles profitent pour faire retomber ſur la religion en général les fautes de quelques membres du clergé.*

Et vous croyez encore très-mal. C'eſt préciſément aux *eſprits foibles* que ces ſortes de tableaux doivent être préſentés dans toute leur vérité, parce que c'eſt ſur les *eſprits foibles* que la ſuperſtition & le fanatiſme ont le plus de priſe. Les *Clément*, les *Barriere*, les *Chatel*, les *Ravaillac* n'étoient pas des *eſprits forts*. Si dès leur enfance ils avoient eu entre les mains des ouvrages pareils à ceux qu'a produits notre ſiecle, ils ne ſe ſeroient point flattés de gagner le ciel en aſſaſſinant les rois, & peut-être auroient-ils appris qu'autant la religion mérite de reſpect, autant l'on doit de mépris ou d'horreur à ſes miniſtres, quand leur bouche coupable ordonne la révolte & commande le crime.

Ce que l'on vient de voir ſuffit pour connoître la morale, la logique & l'honnêteté qui regnent dans les *Affiches.* Elles ſemblent conſacrées dès leur naiſſance à outrager les grands écrivains & à décrier les bons ouvrages. Faux expoſé, anachroniſme, contradiction, tout eſt employé pour parvenir à un

[1] Ibid.

but fi louable. Le rédacteur actuel eft à la vérité fort au-deffous de fon prédéceffeur; mais celui-ci, avec plus d'efprit & de connoiffances, fuivoit déja la même méthode. Je n'en rapporterai qu'un feul trait.

Chacun connoît *l'Honnête-Criminel*, ce drame où la tolérance eft mife en action, & dans lequel on a pour la première fois effayé de faire pleurer au théatre fur les malheurs & les vertus des proteftans de France. M. *Querlon*, entraîné d'abord avec tout le public par l'intérêt & la fenfibilité qu'on a paru trouver dans la piece, l'exalta beaucoup. *Voilà*, dit-il [1], *une de ces productions qui ne cherchent que des entrailles & de l'ame ; un ouvrage de fentiment, dont on ne peut trop recommander la lecture aux jeunes gens & aux hommes faits de tout état, de tout ordre. Cette piece touchante eft trop connue par tout ce qu'en ont dit les journaux, pour y revenir.*

M. *Querlon* auroit dû penfer qu'il s'exprimoit d'une maniere trop précife pour pouvoir jamais fe démentir fans honte. Il ne l'a pas moins fait quelques années après [2]. Il a cité *l'Honnête-Criminel* au nombre des pieces qui font *la répréfentation des grands crimes, de ceux qui conduifent à l'échafaud,* & il ofe placer *dans le genre atroce* (ce font fes pro-

[1] Affiches du 23 novembre 1768, n. 47, p. 186.
[2] Affiches du 28 février 1776. n. 9. p. 36.

pres mots) le même drame qu'il avoit nommé auparavant *une de ces productions qui ne cherchent que des entrailles & de l'ame ; un ouvrage de fentiment, dont on ne peut trop recommander la lecture aux jeunes gens & aux hommes faits de tout état, de tout ordre.* Il faut qu'un écrivain fe refpecte bien peu, il faut qu'il n'attache guere de prix à fa propre eftime ni à celle des autres, pour fe contredire avec autant d'indécence. Au refte, s'il a cru nuire à l'ouvrage ou à celui qui l'a compofé, il n'a pas réuffi. Je viens d'apprendre que depuis quelque tems *l'Honnête-Criminel* eft joué fréquemment à *Verfailles.* Notre augufte fouveraine l'a même honoré de fes applaudiffemens & de fes larmes. Cet illuftre fuffrage réfuteroit feul le reproche d'*atrocité* qu'on a fait à la piece ; & puifque l'auteur a eu le bonheur d'intéreffer l'ame douce & fenfible d'une grande reine, il doit fe confoler aifément du petit malheur d'être injurié par de petits critiques, qui changent d'avis comme d'habit, & peut-être plus fouvent encore.

(4)

Il en eft une (plaie) *qui faigne encore, une fur laquelle il eft tems que la tolérance verfe un baume falutaire.* Epitre dédicatoire.

Les defcendans des François refugiés chez l'étranger, chériffent toujours leur ancienne patrie. Qu'elle ceffe ceſſe d'être leur marâtre, ils reviendront en foule augmenter le nombre de ſes enfans, & rapporteront dans ſon ſein des richeſſes & des forces dont leurs peres ne l'avoient privée que malgré eux, en pleurant ſon injuſtice & ſes cruautés.

A l'avantage de rappeller parmi nous beaucoup de François expatriés, ſe joindra celui de tirer de l'oppreſſion une multitude de malheureux qui depuis un ſiecle vivent dans l'amertume & ſouffrent dans le ſilence. Ils travaillent ſans relâche pour l'état qui s'obſtine à les méconnoître ; & quoiqu'on leur refuſe tous les droits de citoyen, ils en rempliſſent tous les devoirs & en ſupportent tous les fardeaux. Une pareille injuſtice ne peut ſubſiſter long-tems ſous un gouvernement ſage & éclairé : il nous eſt donc permis d'eſpérer qu'elle ceſſera bientôt ; car c'eſt ſur-tout dans les circonſtances actuelles que l'adminiſtration doit arrêter ſes regards ſur un objet d'une ſi grande importance.

Nous venons de nous unir pour jamais avec un peuple que ſon courage & ſes vertus ont rendu digne de la liberté. Eh bien, ce peuple nouveau eſt vraiment enfant de la tolérance. Il lui doit ſa naiſſance, il lui doit ſon accroiſſement ; & la premiere fois qu'il a parlé en ſouverain, il a déclaré qu'elle ſeroit la baſe de ſon empire. Mais dans le même tems ſes anciens tyrans, forcés par le beſoin, domtés par l'infortune, ont auſſi appellé la tolérance à leur ſe-

I

cours ; & pour tâcher de remettre les Amérieains ſous le joug, ils viennent de briſer celui dont ils oppri-moient une partie de leurs compatriotes. La politi-que ne nous ordonne-t elle pas de ſuivre cet exem-ple? Convient-il que les proteſtans ſoient traités chez nous plus rigoureuſément que les catholiques ne le ſont chez nos ennemis? Enfin la France ne doit-elle pas augmenter ſes forces par le même moyen que l'Angleterre emploie pour étayer ſa foi-bleſſe?

Au reſte, ſi l'intérèt de l'état ſuffiſoit pour enga-ger aujourd'hui la Grande-Bretagne à tirer de l'op-preſſion ceux de ſes citoyens qui ne ſuivent pas la religion de l'état, cette loi ne fait pas moins d'hon-neur à l'humanité de ſir *George Saville* qui l'a pro-poſée, & de tous les membres du parlement qui l'ont accueillie avec tranſport. Je ne puis même m'empê-cher de tranſcrire ce que dit l'un d'eux en cette cir-conſtance mémorable. *Je déteſte*, s'écria M. *Charle Turner*, [1] *je déteſte la politique barbare qui ré-duit à un état d'eſclavage l'homme ſorti libre des mains de la nature. Il eſt affreux que la religion ait toujours été l'inſtrument dont le pouvoir s'eſt ſervi par-tout pour enchainer le genre humain. Donnons un bel exemple à l'Europe. Que, ſans diſtinction de*

[1] Dans la chambre des communes le 18 mai 1778. Voyez à cette année le Courier de l'Europe, vol. I, n. 40, p. 318.

catholiques & de protestans, de conformistes ou non-
conformistes, tout citoyen Anglois soit l'égal de ses
concitoyens, & qu'une loi sacrée établisse parmi nous
le regne de la tolérance universelle . . . . Ah, Dieu!
ne rougissons-nous pas d'avoir tant différé? Les ca-
tholiques qui vivent parmi nous, sont l'urbanité, l'a-
ménité même ; nous n'avons pas de plus dignes citoyens.
Ils vivent pour la plupart dans leurs terres qu'ils
cultivent avec succès ; ils nous enrichissent du produit
de leur industrie ; il font plus, ils nous donnent tous
les jours des exemples d'une charité qui ne connoît
point de bornes. Tout ce qui vit autour d'eux vit des
fruits de cette charité, se ressent de la générosité de
leurs principes. Leur humanité écarte la misere, non-
seulement des lieux de leur résidence, mais de leurs
environs éloignés. En un mot, les catholiques romains
sont d'excellens chrétiens, d'excellens citoyens: que
pouvons-nous être de plus?

Tout ce que ce généreux protestant a dit alors
des catholiques d'Angleterre, je le répete ici avec
la même vérité des protestans de France, & je défie
qu'on ose me démentir. Y a-t-il parmi nous de meilleurs citoyens, des sujets plus soumis, des hommes
plus laborieux & plus charitables ? Quelquefois
même ils portent les vertus morales à un degré
d'héroïsme qui nous transporte & nous confond.
Nous en avons un exemple encore vivant dans le
fils courageux qui de nos jours s'est dévoué à l'escla-

vage pour fon pere. Quand le drame de *l'Honnête-Criminel* eut donné de la célébrité à cette action magnanime, *Louis XV* réhabilita le digne proteftant qu'elle illuftroit. Mais ce héros de la piété filiale avoit déjà paffé fept ans aux galeres ; la loi qui l'y avoit fait condamner ne fut point abolie, & elle menace encore du même châtiment ceux de la même religion qui s'affemblent pour prier Dieu.

(5)

Et c'eft du pied de ta ftatue (de Henri IV) *que toute la France tendant avec moi les mains vers le digne héritier de ton trône, le conjure à genoux de rendre enfin les droits de citoyens à des fujets utiles & paifibles.*

Epitre dédicatoire.

Le bruit fe répandit à la fin de 1775, que les proteftans alloient être rappellés en France, & cette nouvelle y fut reçue avec un tranfport général. La philofophie depuis cinquante ans prépare chez nous cette grande opération du gouvernement. La tolérance eft déjà établie dans tous les efprits, & à cet égard l'opinion publique fe trouve à préfent en contradiction avec la loi. Cette loi eft encore oppofée à l'intérêt de l'état ; elle eft donc mauvaife, & doit être abrogée, fur-tout dans les circonftances actuelles, à moins qu'un intérêt plus puiffant, celui de

la religion, ne le défende. Mais l'esprit de la religion
est un esprit de douceur & de paix, qui condamne
la violence & rejette un hommage forcé. Si quelquefois, dans des tems de ténebres, les prêtres ont osé
tenir un langage différent, ils étoient démentis par
l'évangile, cette loi d'amour, dont ils vouloient
faire une loi de sang; ils étoient démentis par un
Dieu crucifié, par un Dieu mort pour le salut du
genre humain, & que leur cruauté sacrilege en ren-
doit la terreur & le fléau : ils l'étoient enfin, ils
l'ont toujours été, par les vertueux ministres de
l'église, par ceux qui en seront à jamais la lumiere
& la gloire.

O vous, hommes ignorans ou barbares, prêtres,
moines, laïcs, qui que vous soyez, qui criez encore
à l'intolérance, taisez-vous tous devant le grand
Fénelon. Et vous, monarques de la terre, si vous
possédez ces vertus douces & bienfaisantes que l'auteur de *Télémaque* avoit gravées dans l'ame de son
auguste éleve, si votre cœur sensible & compatis-
sant est fait pour s'ouvrir à la voix de la religion,
de la justice & de l'humanité, écoutez comment
elles vous parlent par la bouche de ce digne prélat.
Sur toutes choses, vous disent-elles avec lui [1],

[1] Directions pour la conscience d'un roi, par Fénelon,
imprimées pour la premiere fois à Paris en 1775, avec
approbation & privilege, & du consentement exprés de
Louis XVI.

L iij

ne forcez jamais vos sujets à changer leur religion.
Nulle puissance humaine ne peut forcer le retranche-
ment impénétrable de la liberté du cœur. La force ne
peut jamais persuader les hommes ; elle ne fait que
des hypocrites. Quand les rois se mêlent de religion ,
au lieu de la protéger, ils la mettent en servitude.
Accordez à tous la tolérance civile, non en approu-
vant tout , comme indifférent , mais en souffrant
avec patience ce que Dieu souffre , & en tâchant de
ramener les hommes par une douce persuasion.

[1] Ce que pensoit, ce que disoit alors le grand
Fénelon, tous les magiftrats de la France ont aujour-
d'hui le bonheur de le penser comme lui, & le noble
courage de le publier hautement. Ils fentent plus
que d'autres combien à préfent la juftice & l'humanité font en contradiction avec la loi dont ils font
les miniftres ; & n'étant pas les maitres de la changer, ils cherchent au fond de leurs cœurs d'heureux
fubterfuges qui les autorifent à ne pas la fuivre ;
ils font forcés de devenir fubtils , afin de n'être pas
barbares. Le parlement de Touloufe vient d'en don-

[1] J'étois au moment d'envoyer mon ouvrage à l'im-
primeur, quand j'ai reçu le Courier de l'Europe du 13
octobre 1778 ; & ce que j'y ai trouvé, vol. IV , n. 30, p. 237,
a occafionné l'addition que je fais ici. Nous remercions
fincèrement le rédacteur de cette feuille d'y inférer de pareils morceaux , bien plus intéreffans pour les faftes de
l'humanité, qu'une multitude de débats politiques & d'é-
vénemens militaires.

ner un exemple dans la caufe où l'on difputoit à
un enfant né de parens proteſtans, la légitimité
de ſa naiſſance, parce qu'il ne rapportoit pas l'acte
de célébration de mariage de ſes pere & mere. Il faut
lire le beau plaidoyer que fit alors l'un des avocats
généraux, dont nous deſirerions ſavoir le nom,
pour le conſacrer ici à la vénération publique.

« Ce n'eſt pas ſeulement (dit ce magiſtrat philoſophe, digne de l'hommage de tous les François,
& aux pieds duquel je voudrois dépoſer le tribut
particulier de mon admiration & de ma reconnoiſ-
ſance) « ce n'eſt pas ſeulement, meſſieurs, du
„ fort d'un citoyen que vous allez décider, mais de
„ celui d'un million d'hommes qui attendent en
„ tremblant votre jugement.

„ L'arrèt qui fixera l'état d'*Etienne Sales*, en fixant
„ en mème tems celui de preſque tous les protef-
„ tans du reſſort de la cour, va porter dans leurs
„ cœurs la joie ou le déſeſpoir. Ils l'attendroient
„ ſans alarmes, cet arrèt, ſi c'étoit votre cœur ſeul
„ qui dût le dicter; ils ſavent que depuis long-
„ tems, *dégagés des préjugés qui avoient ſubjugué*
„ *nos peres*, l'erreur dans laquelle ils gémiſſent ne
„ les rend pas odieux.

„ Ils ſavent *qu'une raiſon plus éclairée a fait ſuc-*
„ *céder la pitié à la haine*, & que ſi quelquefois la
„ rigueur des regles ne vous a pas permis de regarder
„ comme légitimes des engagemens qui leur avoient

I iv

„ paru facrés, vous cédiez à regret fous l'autorité
„ des loix, dont vous avez defiré pouvoir vous écar-
„ ter......

„ Nous ne craindrons pas de le dire, il eft très-
„ vraifemblable que le mariage des pere & mere de
„ l'intimé n'a jamais été béni par un miniftre de
„ notre églife; mais malgré les apparences, la juf-
„ tice & l'équité veulent qu'on le préfume. On le
„ doit même pour l'intérêt de la fociété.

„ *Il n'eft perfonne qui ne doive convenir qu'il eft*
„ *barbare qu'un grand nombre des fujets du roi*
„ *foient privés des avantages que le titre de François*
„ *devoit leur affurer, & cela parce que la bonté du*
„ *ciel n'a pas cru devoir encore diffiper les ténebres*
„ *qui les environnent, & ouvrir leurs yeux à la*
„ *lumiere.*

„ Qu'on jette un regard fur le fort de ces in-
„ fortunés: il eft impoffible de ne pas éprouver un
„ fentiment de pitié. Nous en atteftons, *non-feule-*
„ *ment les philofophes du fiecle, mais tous ceux dont*
„ *la religion & la piété font éclairées* par la charité
„ & par la raifon.

„ Il faut donc, autant qu'on le peut, corriger cette
„ injuftice......

„ On eft défabufé aujourd'hui de croire que les
„ loix féveres foient des moyens propres à ramener
„ des efprits prévenus de leurs erreurs. La gène &
„ la contrainte n'ont jamais produit un hommage

„ fincere, qui eft le feul qui puiffe plaire à l'Être
„ éternel.

„ Une expérience malheureufe a fait connoître
„ l'inutilité des moyens dont on s'eft fervi jufqu'à
„ ce jour pour déraciner l'erreur, & nous ne dou-
„ tons pas qu'à l'avenir on n'en emploie *qui feront*
„ *plus conformes aux regles d'une faine politique &*
„ *aux loix de l'humanité.*

„ *Les vives lumieres qui ont éclaté de toutes parts*
„ *nous autorifent à croire que bientôt le prince bien-*
„ *faifant qui nous gouverne, fe livrant aux mouve-*
„ *mens de fon cœur, jetera un regard favorable fur*
„ *cette portion de fes fujets qui eft féparée de notre*
„ *communion, & par des loix fages & immuables*
„ *affurera leur tranquillité & leur bonheur.*

„ C'eft à vous, meffieurs, à préparer cet événe-
„ ment heureux, en faifant connoître par vos ar-
„ rêts, quelles font vos difpofitions. L'occafion eft
„ favorable, & vous pouvez la faifir. „ (C'eft ce
qu'a fait le parlement, & *Etienne Sales* a été déclaré légitime.)

O vertueux *Calas*, pere infortuné, que le fanatifme & l'erreur conduifirent à l'échafaud, toi dont
la juftice du prince a dès long-tems réhabilité la
mémoire, & dont le bûcher fut arrofé des larmes
de toute l'Europe, que ta cendre difperfée par les
vents fe raffemble en ce jour, qu'elle fe ranime &
qu'elle treffaille de joie à ce grand événement ! Le

difcours que la philofophie & la tolérance viennent
de prononcer, l'arrèt qu'elles viennent de rendre
dans ce même tribunal qui . vingt ans auparavant,
avoit eu le malheur de te condamner, doivent le
laver de la tache de ton fang, & t'engager à lui par-
donner ton fupplice.

(6)

Et de ne plus permettre qu'on perfécute en eux (les
protestans) *une religion qui nous a donné un*
HENRI IV *& deux* SULLY.

Epitre dédicatoire.

Par refpect pour la mémoire de *Pindare*, *Ale-*
xandre fit, à la deftruction de Thebes, épargner la
famille & la maifon de ce grand poëte. Les armées
des proteftans épargnerent de même les terres de
l'illuftre *Fénelon*, lorfqu'au commencement de ce
fiecle ils entrerent dans le Cambréfis, & y porterent
le ravage & la défolation. Pourquoi un fentiment
pareil, & bien plus jufte encore pour le meilleur &
le plus grand de nos rois, ne nous feroit-il pas
traiter avec humanité ceux de nos freres qui font
reftés attachés à fa premiere croyance? Cette religion que nous perfécutons en eux, leur a été tranf-
mife par leurs peres. Elle fut long-tems celle du

grand *Henri* ; le grand *Sully* vécut & mourut dans
son sein, & elle s'honore encore de nous avoir
donné récemment un administrateur digne d'être
nommé après *Sully*, de louer *Colbert*, & de les rem-
placer tous deux. Un ministre philosophe, fait pour
réaliser le beau portrait qu'il en a tracé lui-même
dans un excellent ouvrage d'économie politique, &
que la sagesse du gouvernement a mis à la tète des
finances, pour que notre siecle y vit " un homme [1]
„ dont le génie étendu parcourùt toutes les cir-
„ constances, dont l'esprit moëlleux & flexible sùt
„ y conformer ses desseins & ses volontés ; qui doué
„ d'une ame ardente & d'une raison tranquille, fùt
„ passionné dans la recherche du bien & calme dans
„ le choix des moyens ; qui, juge integre & sensé
„ des droits des différentes classes de la société, sùt
„ tenir d'une main assurée la balance entre leurs
„ prétentions ; qui, se faisant une juste idée de la
„ félicité publique, la secondàt sans précipitation ;
„ & considérant les passions des hommes comme
„ un fruit de la terre, proportionnàt sa marche à
„ cette nature éternelle, & ne se fit un tableau de
„ la perfection que pour exciter son propre cou-
„ rage, & non pour s'irriter des obstacles. „

[1] Sur la législation & le commerce des grains,
seconde édition, vol. II, p. 68.

(7)

Et le Japon rentrant fous l'empire des prêtres,
Nous régnerons bientôt où regnoient nos ancêtres.

Acte I, fcene 1.

L'empire du Japon, fondé 660 ans avant l'ere
chrétienne, eft, après celui de la Chine, le plus
ancien qui exifte fur la terre. Les trois grandes
isles qui le compofent, bordées d'un grand nombre
d'écueils & entourées d'une mer orageufe, furent,
felon toute apparence, peuplées fucceffivement par
des naufrages. Ces différentes peuplades fe réuni-
rent infenfiblement en un corps de nation qui eut
fes chefs ou fes rois. *Sinmu*, parvenu à l'empire,
après la mort de fes trois freres, dont le regne fut
court & obfcur, civilifa fes fujets, leur apprit à
compter le tems, le partagea en années, en mois
& en jours ; réforma, refondit les loix, & changea
le gouvernement, c'eft-à-dire, le rendit plus abfolu :
car c'eft là ordinairement le but fecret, le grand &
prefque l'unique objet de tous les changemens que
font les hommes qui commandent aux autres. Ainfi,
pour porter fon autorité au plus haut degré, il eft
vraifemblable que *Sinmu* concentra en lui feul tous
les pouvoirs, unit le facerdoce à l'empire, pofa le
trône fur l'autel, & fe fit même paffer pour le defcendant des dieux dont il s'établiffoit le grand-
prêtre.

Sans doute son génie appuya son imposture ; le bien qu'il faisoit d'une main, engagea à baiser avec respect la chaine sacrée qu'il présentoit de l'autre : des peuples ignorans & grossiers reçurent un nouveau joug avec de nouvelles lumieres ; & celui qui asservit le Japon à un double despotisme, fut appellé par eux *le plus grand des hommes.* Il est regardé comme le fondateur de leur empire ; c'est le premier de leurs monarques ecclésiastiques : ses descendans ont pendant plus de dix-huit cents ans gouverné en maitres absolus de la religion & de l'état : mais après ce long espace de tems, les généraux de leurs armées s'emparerent d'une partie de l'autorité temporelle, & *Taiko* les en dépouilla entiérement il y a deux siecles. Depuis cette époque on voit deux empereurs au Japon, le *Cubosama* ou monarque séculier qui a toute la puissance, & le *Dairi* ou monarque ecclésiastique qui est encore le chef suprême de l'ancienne religion, & auquel le *Cubosama* rend même une espece d'hommage.

(8)

De tous les Jammabos *chef saint & redoutable,*
Vous commandez en dieu sur ce corps formidable,
Et sous vous à la fois pontifes & soldats
Nous vous suivons au temple, ou volons aux combats.

Acte I, scene 1.

Les *Jammabos,* dont le nom signifie *soldats des*

montagnes, font un ordre de moines très-anciens au Japon, & qui, felon leur regle, font obligés de combattre pour le fervice des dieux *Camis* & la défenfe de leur culte. L'origine de ces religieux remonte, dit-on, à près de douze cents ans. On l'attribue à un folitaire qui paffa toute fa vie à parcourir les déferts & les montagnes. Il y découvrit de nouvelles routes, & ce fut fans doute ce qu'il fit de plus utile. Ses difciples habitent auffi les montagnes. On ne dit pas fi, felon leur inftitut & leurs vœux, ils y combattent pour leurs dieux, qui font ceux de l'ancienne religion du pays ; mais on rapporte qu'à préfent ils incommodent beaucoup les voyageurs, à qui ils demandent l'aumône le fabre au côté & dans des fentiers efcarpés, où il feroit dangereux de n'être pas charitable. Il eft vraifemblable que le zele fanatique qui anima d'abord ces moines guerriers, fut vivement réprimé ou s'éteignit bientôt ; car l'hiftoire ne parle que des pélerinages qu'ils font & de la vie errante & auftere qu'ils menent.

On doit cependant obferver que de tous les religieux, dont le nombre eft prodigieux au Japon, les *Jammabos* font les feuls qui fe marient. Leurs fils embraffent communément le même état, & leurs filles entrent dans un ordre où ils font eux-mêmes habitués à prendre leurs femmes. C'eft un ordre de belles mendiantes qui, l'air tendre & féduifant, la tète rafée, la gorge fort découverte, chantent fur les grands chemins & dans les environs des temples, & font toujours prètes à payer par les plus doux plaifirs la piété des pélerins ou la libéralité des voyageurs.

N'oublions pas de dire que ces moines ont un général dont ils dépendent, & qui réfide à Méaco. Ils font obligés d'aller tous les ans lui rendre une vifite. Ils lui font préfent d'une partie de leur quète, & en reçoivent ordinairement un nouveau titre de diftinction, avec le droit de faire quelque changement honorable à leur habit: car ils font très-vains, c'eft-à-dire qu'à cet égard ils reffemblent parfaitement à tous les autres prètres & religieux du Japon.

(9)

As-tu donc oublié quelles haines fatales
Divifent de tout tems nos deux fectes rivales ?
Ils (les Bonzes) *fuivent* Siaka *, nous* (les Jammabos) *fervons les* Camis.
Notre culte , nos dieux , tout nous rend ennemis.
Acte I, fcene 1.

Deux religions principales regnent au Japon; le *Sinto* , c'eft-à-dire *le culte des efprits* ; & le *Budjo* , c'eft-à-dire , *l'idolatrie étrangere.*

La religion du *Sinto*, la premiere & la plus ancienne de toutes, femble ètre née avec l'empire , &

lui fert encore de fondement. Ses fectateurs adorent plufieurs races de dieux céleftes & terreftres, dont ils fe croient defcendus, & ils leur donnent à tous le nom de *Camis*, ce qui fignifie efprits. Autant la plupart des dogmes du *Sinto* font extravagans, autant le culte en eft fimple. Il n'a point de rites fixes, point de chapelets, nulles cérémonies, aucun formulaire de prieres ; & fes fetes, confacrées à la joie & aux plaifirs, font moins des inftitutions religieufes que politiques : auffi les voit-on célébrées par tous les Japonois, fans diftinction de fecte.

Le *Dairi* eft le chef fuprème de cette religion qui n'a point d'autres prètres que ce prince lui-même & les gens de fà cour toute eccléfiaftique ; encore ne font-ils aucunes fonctions facerdotales. Des laïcs, nommés *Canufis*, entretenus les uns par des fondations, les autres par les libéralités du *Dairi* ou par les aumónes des fideles, demeurent avec leurs familles dans les environs de chaque temple, & en font les gardiens. C'eft à quoi fe borne tout leur emploi, & cependant ils ne font pas moins fiers que s'ils étoient de véritables prètres.

Tel eft le *Sinto* dans fà pureté primitive, né en quelque forte avec l'empire, lié au gouvernement politique, abfurde en fà théologie, fimple dans fon culte, doux & affez raifonnable dans fà morale.

Il n'en eft pas de même du *Budro*, c'eft-à-dire de l'idolatrie étrangere. Elle fut apportée au Japon, du midi de l'Afie, & commença il y a environ treize cents ans à y faire de grands progrès. L'un des principaux dieux de cette religion eſt *Xaca* ou *Siaka*. On raconte qu'il vivoit il y a huit mille ans ; qu'il s'aſſujettit aux plus rudes mortifications, paſſa un grand nombre de ſiecles à méditer dans la ſolitude, en ſortit enſuite pour répandre ſa doctrine, & enfin s'enterra lui-même dans une cave, après avoir fait beaucoup de livres & de miracles.

Ce *Siaka* parloit avec un grand reſpect d'un autre prophete plus ancien que lui. On le nomme *Amida*. Il vécut, dit-on, pluſieurs milliers d'années dans des mortifications continuelles, afin d'expier les péchés des hommes ; il fit auſſi un grand nombre de ſermons & de prodiges, après quoi ennuyé de ce monde, le prophete ſe donna volontairement la mort, & paſſa dans une autre vie, où il fut élevé au rang de dieu ; mais l'on ne dit point par qui cette faveur lui fut accordée.

Deux diſciples de *Siaka* recueillirent ſa doctrine dans un livre qui eſt encore comme la bible de toutes les nations orientales au-delà du Gange. Il ſe nomme *Fokekio* ou *le livre des belles fleurs*, & fut apporté au Japon la ſoixante-ſixieme année de notre ere. Cette nouvelle idolatrie y fit d'abord peu de progrès ; mais ſe trouvant enſuite favoriſée par quelques Dairis, elle entraîna bientôt une grande partie de la nation. Alors ceux même qui n'abandonnerent pas

K

le culte des *Camis* , furent divifés par un fchifme
qui produifit deux fectes. L'une comprend les véritables orthodoxes qui n'ont pas voulu fouffrir le
moindre changement dans la doctrine de leurs ancêtres ; & les moines Jammabos font de ce nombre ,
puifqu'ils font vœu de combattre pour leurs dieux.
L'autre renferme tous ceux qui, pour concilier les
deux religions , en ont fait une efpece de mélange ;
ils croient que l'ame d'*Amida* s'eft unie & confondue avec celle de *Tenfio* , le plus révéré des *Camis*.
Cette derniere fecte eft la plus nombreufe : les deux
principaux dieux du *Budfo* font dans une vénération prefque générale au Japon. C'eft par *Siaka* &
par *Amida* que l'on jure, c'eft en leur nom que l'on
demande l'aumône, c'eft en les invoquant que l'on
meurt, & l'on croit alors être affuré du falut.

L'efprit de pénitence doit régner dans une religion dont les dieux ont eux-mêmes donné l'exemple
des auftérités & des mortifications. Celles que prati-
quent les dévots Budfoïftes, font frémir la nature ;
mais quelque mérite qu'ils y attachent, il n'eft point,
felon eux, comparable à celui d'une mort volontaire :
c'eft là le comble de la perfection. Auffi la fureur
du fuicide eft-elle répandue au Japon plus qu'en aucun pays de la terre.

« La hiérarchie du *Budfo*, lit-on dans l'Hiftoire
» générale des voyages [1], differe très-peu de celle

[1] Tome XL, page 279.

„ de l'églife catholique. Les Bonzes, qui font les
„ prètres de cette religion , ont un grand-pontife
„ nommé *Xaco*, (fans doute parce qu'il eft vicaire
„ du grand *Xaca*) dont le pouvoir s'étend julques
„ fur l'autre vie. Non-feulement il peut abréger les
„ peines du purgatoire, mais on lui attribue mê-
„ me le pouvoir de tirer les ames de l'enfer & de
„ les placer dans le paradis, fans qu'elles foient
„ obligées de paffer par de nouvelles métamorpho-
„ fes. D'ailleurs toutes les fectes du *Budfo* lui font
„ foumifes. On ne peut en former de nouvelles fans
„ fon approbation. C'eft lui qui décide fur le fens des
„ livres de cette religion, & tout le cérémonial de
„ cette religion eft de fon reffort. Il érige des tem-
„ ples, il décerne un culte aux faints & aux mar-
„ tyrs des fectes de fa dépendance, il confacre les
„ *Tundes*, qui font comme les évèques du *Budfo*.
„ A la vérité, l'empereur Cubofama s'eft attribué le
„ droit de conférer cette dignité, à laquelle il y a
„ de grands revenus attachés ; mais le Xaco con-
„ firme la nomination du prince, confacre les Tun-
„ des, & leur accorde le pouvoir de difpenfer dans
„ les cas ordinaires. Ces prélats Japonois peuvent
„ appliquer aux vivans & aux morts les mérites des
„ dieux & des faints ; pouvoir qu'ils ne communi-
„ quent aux prètres qu'avec de grandes reftrictions.
„ La plupart font en mème tems fupérieurs des
„ monafteres de Bonzes, avec lefquels ils vivent

„ en communauté : car tout le clergé du Budſo eſt
„ régulier, & peut être regardé comme un ordre
„ religieux, diviſé en pluſieurs congrégations qui
„ reconnoiſſent le même général. Il eſt diviſé en
„ pluſieurs ſectes, que leur dépendance d'un même
„ chef n'empêche pas de ſe haïr mutuellement. On
„ ne les diſtingue que par la couleur de leurs habits,
„ car la forme en eſt preſque la même, & reſſemble
„ aſſez à celle de nos moines. Ils ont les cheveux &
„ la barbe raſée, & jamais ils ne ſe couvrent la
„ tête. On croit qu'ils ne mangent ni chair ni poiſ-
„ ſon frais. Ils donnent une partie du jour à la
„ prière, & chantent à deux chœurs. Quelques-uns
„ ſe lèvent à minuit pour leurs exercices de piété.
„ Ils gardent un profond ſilence devant les ſéculiers,
„ & leur viſage reſpire la modeſtie & la pénitence.
„ On en diſtingue quatre principales ſectes qui ont
„ leurs monaſtères dans les lieux habités, & qui
„ ſont répandues dans le commerce du monde. La
„ plupart des autres ne fréquentent que les bois &
„ les déſerts. Quoique la différence de leurs opi-
„ nions faſſe régner entr'eux une guerre ouverte,
„ cette animoſité ne ſe communique point à leurs
„ ſectateurs, & la diverſité de croyance ne trouble
„ jamais le repos des familles.
„ En général le peuple eſt infatué de la ſainteté
„ des Bonzes, & juge favorablement de ce qu'il
„ reſpecte. L'auſtérité de leurs dehors, le crédit

,, qu'on leur suppose auprès des dieux, le soin qu'ils
,, ont d'attirer dans leur corps des jeunes gens d'une
,, naissance illustre, soutiennent leur réputation con-
,, tre toutes sortes d'attaques. Il n'y a pas un prince
,, au Japon, qui ne se trouve honoré d'avoir un fils
,, Bonze. De là cette aveugle confiance pour tout
,, ce qui sort de leur bouche & de leurs mains. Ils
,, font un débit prodigieux de certaines robes de
,, papier, dont tous leurs sectateurs veulent mou-
,, rir revêtus. Ils distribuent des pains bénis d'une
,, vertu proportionnée à leur prix. Ils vendent juf-
,, qu'au mérite de leurs bonnes œuvres, en se ré-
,, servant le principal. *Ils donnent aux plus intéressés*
,, *des lettres de change payables dans l'autre monde.*
,, *Leurs monasteres font des gouffres où la moitié des*
,, *biens de l'état va s'abymer.* Une de leurs occupa-
,, tions est de prêcher. Le docteur, revêtu d'habits
,, magnifiques, monte sur une estrade couverte
,, ordinairement des plus riches tapis de la Chine. Il
,, a devant lui une table sur laquelle est le *Fokékio.*
,, Il ouvre ce saint livre, il en lit quelques lignes,
,, dont il donne une explication aussi absurde que
,, le texte ; ensuite il tombe sur la morale ou les
,, dernieres fins de l'homme ; mais *il conclut tou-*
,, *jours que le plus sûr moyen d'obtenir la faveur*
,, *des dieux, est d'orner leurs temples & de faire de*
,, *grandes libéralités à leurs ministres.* ,,

(10)

Des Bonzes vainement abandonnant la loi,
J'ai feint de les quitter pour m'attacher à toi. (Jam-
  mabos.)
De cet ordre chéri, dont je suis l'émissaire,
Tu me crois dès long-tems le plus grand adversaire.

Acte I, scene 4.

Les jésuites ne recevoient jamais parmi eux de
sujets sortis d'un autre ordre religieux, & rien n'é-
toit plus sage que ce statut. Il prévenoit le danger
d'ouvrir leur sein à des espions & à des traîtres,
tels que le renégat *Murami.* Mais on ne croit point
avoir péché contre la vraisemblance théatrale, en
supposant ici la politique des Jammabos un peu
moins parfaite que celle des jésuites.

(11)

O vous, puissans Camis, esprits purs, éternels,
Vous qui, tout à la fois nos dieux & nos ancêtres,
Autrefois du Japon fûtes les premiers maîtres,
Revenez y régner, & souffrez que mon bras
A vos loix de nouveau soumette ces états !

Acte I, scene 6.

Cami, comme on l'a vu dans la note 9, veut dire
esprit en langue japonoise, & c'est le nom que donne à

fes dieux l'ancienne religion du Japon. Ses sectateurs, appellés *Sintoïstes* , croient que tout ce qui existe est sorti du chaos , dont le premier développement produisit le premier des dieux. Cet être purement spirituel en engendra un autre, celui-ci donna naissance à un troisieme , & cette race divine eut ainsi une succession de sept dieux. Les trois premiers n'avoient point de femmes , & les quatre autres étoient mariés. Mais chacun d'eux eut de son épouse son successeur d'une façon incompréhensible. Il n'y eut que le dernier qui, ayant vu un oiseau caresser sa compagne , fut curieux d'essayer de la même maniere. Il se créa donc les organes nécessaires à l'expérience qu'il vouloit faire. Elle ne déplut point à sa femme ; nos deux époux s'en tinrent à la nouvelle méthode, & ils eurent ainsi des fils & des filles d'une nature très-supérieure à ceux de la troisieme race , mais fort au-dessous des êtres purement spirituels & divins dont ils étoient sortis. Ce couple se nomme *Isanaki* & *Isanami*. C'est par lui que finit la premiere race & que la seconde fut engendrée, & les Japonois le réverent comme leur *Adam* & leur *Eve*.

Ces grands dieux célestes régnerent l'un après l'autre au Japon pendant une suite de siecles indéterminée & incompréhensible ; & chacun d'eux, pour faire place à son successeur, mourut d'une façon qui n'est pas moins difficile à comprendre. Car c'étoient de purs esprits ; la mort même ne les

fit pas ceſſer d'être immortels ; on les invoque toujours comme exiſtans, & l'immortalité de l'ame eſt
d'ailleurs un des principaux dogmes de leurs adora-
teurs.

Tenſio, fils aîné d'*Iſanaki*, commença la ſeconde
dinaſtie des cinq dieux terreſtres. Ceux-ci gouvernerent encore le Japon pendant un nombre d'années
prodigieux, mais limité. *Avaſe-Djuno*, le dernier
de ces dieux-hommes, engendra enfin la troiſieme
race qui habite aujourd'hui le Japon & qui n'a rien
conſervé de la perfection de ſes divins ancêtres.

Tous ces dieux ſont appellés *Camis*; cependant ce
nom ſemble plus particuliérement affecté aux cinq
dieux terreſtres, qui ſont ceux que l'on invoque
davantage. On penſe que les ſept grands eſprits céleſtes ſont trop élevés au-deſſus de la terre pour s'in-
téreſſer à ce qui s'y paſſe.

Le plus révéré des Camis eſt *Tenſio*, fondateur
de la ſeconde race. Tous les Japonois croient deſ-
cendre de lui, mais ſeulement par les cadets, & ils
penſent que leurs Dairis viennent en ligne directe
de l'aîné de ſes fils. Voilà le titre ſur lequel eſt fondée
la ſainteté de ces monarques eccléſiaſtiques, le pouvoir ſurnaturel qu'on leur attribue, & leur droit à
l'empire : droit ſi reſpecté, ſi généralement reconnu,
que pendant près de deux mille ans ils ont gouverné
le Japon avec une autorité abſolue, & qu'ils y ſont
encore les chefs ſuprèmes de la religion.

(12)

Et puiſſe auſſi mon nom mériter qu'on le place
Sur vos faſtes ſacrés !

Acte I, ſcene 6.

On vient de voir dans la note précédente, que le
Sinto, c'eſt-à-dire l'ancienne religion du Japon, re-
connoiſſoit douze dieux, tant céleſtes que terreſtres :
mais elle y joint encore une infinité d'autres Camis
inférieurs, dont le nombre s'augmente chaque jour.
Il n'y a perſonne dans cette religion, qui ne puiſſe
eſpérer de devenir, je ne dis pas un ſaint, mais un
dieu : elle diviniſe tous les grands hommes que
leurs miracles & leur ſainteté ont rendus célebres,
ou qui ſe ſont diſtingués par un génie extraordinaire,
par des découvertes utiles, & des établiſſemens avan-
tageux à la nation. Leur apothéoſe eſt l'ouvrage des
Daïris, qui ſeuls ont le droit de la faire ; & chacun
d'eux commence ordinairement par accorder cet
honneur à ſon prédéceſſeur, afin de le recevoir à ſon
tour de celui qui lui ſuccédera.

Lorſque l'on crée ainſi un nouveau dieu, on lui
aſſigne en même tems l'eſpece de pouvoir qu'il exer-
cera, & la demeure où il doit loger. L'un eſt placé
dans le ſoleil, un autre dans la lune, celui-ci au fond
de la mer, celui-là dans une étoile ; tous enfin ont
leur paradis particulier. On choiſit ſon dieu ſelon
le goût que l'on a pour le paradis qu'il occupe, &

l'on fait alors tous fes efforts pour y mériter une place.

(13)

Toujours craints & trompés au fein de leur patrie,
Affiégés par l'intrigue & par la flatterie,
Ils (les rois) *n'ont jamais près d'eux que d'adroits*
courtifans,
De bas adulateurs, des efclaves rampans;
Et c'eft chez l'étranger, loin du rang où nous fommes,
Que fans cœur, fans fujets, n'étant plus que des hommes,
Nous en voyons enfin.

Acte II, fcene 1.

« Le métier d'*adroit courtifan*, écrivoit Fénelon
„ au duc de Bourgogne [1] *perd tout* dans un état.
„ *Les efprits les plus bornés & les plus corrompus*
„ *font fouvent ceux qui apprennent le mieux cet in-*
„ *digne métier.* Ce métier gâte tous les autres: le
„ médecin néglige la médecine; le prélat oublie les
„ devoirs de fon miniftere; le général d'armée fonge
„ bien plus à faire fa cour qu'à défendre l'état; l'am-
„ baffadeur négocie bien plus pour fes propres in-
„ térêts à la cour de fon maître, qu'il ne négocie
„ pour les intérêts de fon maître à la cour où il eft
„ envoyé. *L'art de faire fa cour gâte les hommes de*

[1] Directions pour la confcience d'un roi, p. 105.

„ *toutes les profeſſions, & étouffe le vrai mérite:*
„ *rabaiſſez donc ces hommes, dont tout le talent ne*
„ *conſiſte qu'à plaire, qu'à flatter, qu'à éblouir,*
„ *qu'à s'inſinuer pour faire fortune.*

Heureux le prince qui, profitant de ces ſages leçons, ferme toujours l'oreille à la voix des adulateurs! Celle de la vérité le louera, & les bénédictions de ſon peuple le dédommageront au centuple du vil encens de ſes courtiſans. Puiſſe la France, en fixant les yeux ſur le trône, répéter toujours avec monſieur l'abbé *de Radonvilliers: L'ordinaire on dit aux rois de ſe garder des flatteurs, il faut dire aux flatteurs de ſe garder du roi!*

Si les circonſtances permettent rarement aux ſouverains de voyager chez l'étranger, ils peuvent au moins y ſuppléer, en appellant de tems en tems auprès d'eux des gens étrangers à la cour, & dont l'ame nourrie loin des grandeurs, au ſein de la méditation & de l'égalité, n'ait encore rien perdu de ſa force & de ſon énergie.

(14)

Et le prêtre en tous lieux entretient les mortels
Des merveilles qu'on voit illuſtrer ſes autels.

Acte II, ſcene 1.

On peut juger de tous les miracles qui ſe font au Japon, par celui qui s'opere réguliérement une fois le mois dans le temple de Tenchéda. Les Bonzes,

à chaque nouvelle lune, y menent une jeune fille
& la placent devant l'idole. Le lieu eft alors éclairé
par des lampes d'or, où brûlent des parfums exquis:
mais tout-à-coup les lumieres s'éteignent mira-
culeufement, & le dieu vient fe manifefter à la
jeune fille, par des fignes que toutes les Japonoifes
trouvent vraiment divins. Elle fe fent étroitement
embraffée par quelque chofe qui lui paroit avoir la
figure d'un homme, & qui, après l'avoir quelque
tems accablée des plus douces careffes, la laiffe
dans un raviffement célefte. Quelquefois elle en
devient groffe. On ne dit point quel eft alors le deftin réfervé à l'enfant facré ; mais la jeune favorite
eft conduite hors du temple au fon des inftrumens:
le peuple lui porte toujours beaucoup de refpect,
& chacun croit qu'elle a reçu l'efprit de prophétie.
On s'imagine bien qu'il doit y avoir tous les mois
un grand nombre d'afpirantes ; les Bonzes pronon-
cent entr'elles avec une équité qui ne fe dément
jamais ; & comme ils font inftruits du goût de
leur dieu, ils choififfent conftamment la plus jolie.

(15)

La vertu parmi nous a marqué votre place,
Et vous allez, foumis à des devoirs nouveaux,
Monter du rang de prince au rang de Jammabos.

Acte II, fcene 2.

Ce n'eft pas feulement en Europe, dans les fiecles

d'ignorance & de superstition, qu'on a vu des
princes quitter le trône pour se faire moines.

Siao - Yven, fondateur de la dixieme dinastie
chinoise, après avoir usurpé la couronne par le
meurtre des deux derniers empereurs, eut dans sa
vieillesse la fantaisie d'aller demeurer parmi les
Bonzes. Là, couvert d'un vêtement grossier & la tête
rasée, il ne vivoit que d'herbes & de riz. Les grands
allerent le chercher dans sa solitude, & l'en tirerent
malgré lui ; mais il continua de mener à sa cour la
même vie austere & mortifiée.

Au Japon, vers la fin du dixieme siecle, le jeune
Quassan fut à peine sur le trône des Dairis, qu'une
nuit il quitta secrétement son palais & courut s'enfermer aussi dans un monastere. Mais il n'en sortit
plus. Il se fit raser, prit l'habit de Bonze, & mourut
après l'avoir porté vingt-deux ans. On vit donc le
sacré descendant des Camis abandonner à la fois
l'empire & la religion de ses divins ancêtres, pour
se dévouer entiérement au service des idoles étrangeres. L'abdication surprit beaucoup, on s'étonna
peu de l'apostasie. Le prince ne faisoit en cela qu'u-
ser d'un droit commun à tous ses sujets. Ils pouvoient, comme lui, changer à leur gré de culte &
de foi, & ils jouissent toujours de la même liberté.
Chaque province, chaque ville de cet empire a ses
dieux tutélaires : mais au moindre mécontentement,
c'est-à-dire à la premiere calamité publique, elles

dégradent leurs patrons, & prennent les faints des provinces ou des villes qui n'ont pas fouffert les mêmes défaftres.

Il y eut un Chinois qui fit encore plus; car il cita en juftice l'idole qu'il avoit chez lui. Ce bon-homme repréfenta qu'il l'avoit placée dans le plus bel endroit de fa maifon, qu'il n'avoit jamais ceffé de l'honorer, de lui offrir des parfums, de lui adreffer des prieres, & qu'il n'en avoit pas moins été accablé de malheurs de toute efpece. Les Bonzes tâcherent de l'appaifer; on lui fit même des offres confidérables pour l'engager à fe défifter de fa pourfuite. Mais le plaideur ne voulut entendre à aucun accommodement; & malgré les efforts des prêtres, il gagna fon procès. Le dieu, convaincu d'impuiffance ou d'ingratitude, fut par arrêt banni folemnellement de tout l'empire.

(16)

Les Camis autrefois gouvernerent ces lieux.
Eh bien, fongez qu'alors des maffacres pieux,
Les bûchers, les tourmens firent voir à la terre
Que le regne des dieux eft toujours fanguinaire.

Acte II, fcene 2.

L'hiftoire ne dit rien de toutes les cruautés religieufes que le Jammabos attribue à fes dieux. Au contraire, les tems où, felon l'opinion du pays, les Camis régnerent au Japon, y font encore nommés

l'âge d'or & *l'âge d'argent.* Mais c'eſt un impoſteur,
un ſcélerat, qui parle ici ; & le regne des dieux n'eſt
preſque toujours ſanguinaire que parce que les prètres, qui gouvernent en leur nom, ſont preſque
toujours fourbes & cruels.

La relation du voyage que le capitaine Cook vient
de faire vers le pole du ſud & autour du monde, nous
fournit à cet égard un fait qui mérite d'être rapporté.
Les ſacrifices humains ont encore lieu dans l'isle
d'Otahiti & dans les isles voiſines. "L'uſage, dit
„ notre voyageur inſtruit par un habitant de ces
„ contrées, eſt d'y offrir à l'Être ſuprème le ſang
„ des hommes *méchans.* Mais être *méchant* dans ce
„ pays-là, ce n'eſt pas faire du mal, *c'eſt déplaire au*
„ *grand-prètre.* Aux jours de ſolemnités, lorſque
„ ces inſulaires ſe raſſemblent, le pontife s'enferme
„ ſeul dans le temple, & y paſſe le tems que la vrai-
„ ſemblance ſuppoſe néceſſaire pour avoir un en-
„ tretien avec Dieu : enſuite il ſort & dit à la mul-
„ titude qu'il a vu Dieu, qu'il a converſé avec lui,
„ que ce Dieu lui a demandé un ſacrifice de ſang
„ humain, lui a déſigné la victime ; & il la nomme
„ alors par ſon nom. Elle eſt toujours préſente, &
„ *c'eſt conſtamment quelqu'ennemi du grand-prètre.*
„ Mais ſans nul examen on ſe jette ſur le malheu-
„ reux, on l'égorge, & Dieu eſt ſatisfait. „

Il n'y a que deux ſiecles que cette maniere de
ſatisfaire la divinité plaiſoit encore beaucoup aux

théologiens & aux prêtres de notre continent. *Jacques Lainez*, second général des jésuites, dit au colloque de Poiſſi en 1561, *que les proteſtans étoient des ſinges & des renards, qu'il falloit dès ce monde-ci dévouer aux flammes.* Mais on prit un parti plus doux. Au lieu de les rôtir, ce qui eût été trop embarraſſant ou trop cruel, on ne fit que les égorger, & cependant les prêtres voulurent bien alors en paroître contens.

(17)

Sur-tout emparez-vous de l'eſprit des mourans ;
Veillez, priez près d'eux, dictez leurs teſtamens.

Acte II, ſcene 4.

Chacun connoit *le Légataire*, cette piece où l'on trouve du bon comique & de très-mauvaiſes mœurs. La ſcene qui en eſt la plus plaiſante, celle peut-être pour laquelle on a fait tout l'ouvrage, c'eſt la ſcene du teſtament, & les jésuites de Rome l'avoient réellement exécutée long-tems avant que *Regnard* ſongeât à la mettre au théatre. Voici cette anecdote curieuſe. Elle n'a jamais été imprimée ; mais on peut affirmer qu'elle n'en eſt pas moins certaine.

Antoine-François Gautbiot, ſeigneur d'Ancier, étoit d'une famille noble de Franche-Comté, & y poſſédoit de grands biens. Riche & vieux garçon, c'étoit un titre pour mériter l'attention des jésuites.

Auſſi

Auffi ceux de la ville de Befançon, où il faifoit fa demeure, n'oublierent rien pour gagner fon amitié & fa fucceffion. Ils écrivirent à leurs confreres de Rome, quand M. *d'Ancier* y alla en 1626, & ils recommanderent beaucoup cet intéreffant voyageur, en les informant des vues qu'ils avoient fur lui. Notre Franc-Comtois en reçut donc le plus grand accueil. Il tomba malade, & ne put alors refufer à leurs inftances d'aller prendre un logement chez eux, c'eft-à-dire, dans la maifon du Grand-Jéfus, habitée par le général même de la fociété. Cependant la maladie empira, M. *d'Ancier* mourut; & ce qui étoit le plus fâcheux pour fes hôtes, il mourut *ab inteftat.*

Grande défolation parmi les compagnons de Jéfus. Heureufement pour eux, ils avoient alors un frere qui avoit refté long-tems à leur maifon de Befançon. Ce modele des *Crifpins,* voyant la douleur générale, entreprend de la calmer. Son efprit inventif lui fait appercevoir du remede à un malheur qui n'en paroît pas fufceptible, & le digne ferviteur apprend à fes maitres qu'il connoît en Franche-Comté un payfan dont la voix reffemble tellement à celle du défunt, que tout le monde s'y trompoit. A ce coup de lumiere, l'efpérance des peres fe ranime; ils conviennent de cacher la mort de l'ingrat qui eft parti fans payer fon gite, & de faire venir l'homme qui

L

la Providence a mis en état de les servir dans cette importante occasion.

C'étoit un nommé *Denis Euvrard*, fermier d'une grange appartenante à M. *d'Ancier* lui-même, & située au village de Montferrand, près de Besançon. Mais comment le déterminer à entreprendre ce voyage ? Le frere jésuite avoit donné l'idée du projet, on le charge de l'exécution. Le voilà parti pour la Franche-Comté. Il arrive, & va trouver *Denis Euvrard*. Il ne l'aborde qu'en secret, & commence par le faire jurer de ne rien révéler, même à sa femme, de ce qu'il lui vient apprendre. Alors il lui dit que M. *d'Ancier* est malade à Rome, & veut faire son testament; mais qu'ayant auparavant des choses essentielles à lui communiquer, il l'envoie chercher, & promet de le récompenser généreusement. Le fermier ne balance pas. Sans parler de son voyage à personne, il se met en route avec le frere, & tous deux se rendent à Rome dans la maison du Grand-Jésus.

Dès que *Denis Euvrard* y est entré, deux jésuites viennent à sa rencontre. *Ah, mon pauvre ami*, lui disent-ils avec l'air & le ton de la douleur, *vous arrivez trop tard ! M. d'Ancier est mort. C'est une grande perte pour nous & pour vous. Son intention étoit de vous donner sa grange de Montferrand, & de léguer le reste de ses biens à nos peres de Besançon : mais il n'y faut plus songer.* Alors ils le conduisent dans une chambre; on l'y laisse se repoier, & il demeure seul, abandonné à ses tristes réflexions.

Le lendemain, un des mêmes peres qui l'avoient entretenu la veille, revient le voir, & la conversation retombe sur le même sujet. *Mon cher Euvrard,* lui dit le jésuite, *il me vient une idée. C'étoit l'intention de M. d'Ancier de faire son testament. Il vouloit vous donner sa grange de Montferrand, & nous laisser le surplus de ce qu'il possedoit. Vous avouerez qu'il étoit maître de ses biens. Il pouvoit en disposer comme il le jugeoit convenable. Ainsi l'on peut regarder ces biens comme nous étant déjà donnés devant Dieu. Il ne manque donc que la formalité du testament, mais c'est un petit défaut de forme qu'il est possible de réparer. Je me suis apperçu que vous avez la voix entièrement semblable à celle de M. d'Ancier. Vous pourriez facilement le représenter dans un lit, & dicter un testament conforme à ses intentions. Sur-tout vous n'oublierez pas de vous donner la grange de Montferrand.*

Le bon fermier se rendit sans peine à l'avis du casuiste. Le pere jésuite, que le frere avoit parfaitement instruit des biens du défunt, fit faire à *Denis Euvrard* plusieurs répétitions du rôle qu'il devoit jouer. Enfin, lorsque celui-ci parut assez exercé, il fut mis dans un lit, on manda le notaire, & deux hommes distingués de la Franche-Comté, l'un conseiller au parlement, l'autre chanoine de la métropole, qui fe trouvoient alors à Rome, furent invités de la part de M. *d'Ancier* à venir aſſiſter à ſon teſtament. Il faut obſerver que depuis quelque tems ces deux perſonnes s'étoient ſouvent préſentées pour voir M. *d'Ancier*, & qu'on leur avoit toujours répondu qu'il n'étoit pas en état de les recevoir.

Quand le notaire & tous les témoins furent arrivés, le ſoi-diſant moribond, bien enfoncé dans le lit, ſon bonnet ſur les yeux, le viſage tourné contre le mur, & ſes rideaux à peine entr'ouverts, dit quelques mots à ſes deux compatriotes; puis l'on s'occupa de l'acte pour lequel on étoit aſſemblé.

Après le préambule ordinaire, le teſtateur révoque tout teſtament qu'il pourroit avoir fait précédemment & tout autre qu'il pourroit faire par la ſuite, à moins qu'il ne commence par ces mots, *ave Maria gratia plena*. Il élit ſa ſépulture dans l'égliſe des révérends peres jéſuites de Rome, ſous le bon plaiſir & vouloir du révérend pere général. Il donne & legue une ſomme de cinquante francs à chacune des pauvres communautés religieuſes de Beſançon, & une autre ſomme auſſi très-modique, avec un tableau, à l'un de ſes parens.

Item, continue-t-il, *je donne & legue à Denis Everard mon fermier, ma grange de Montferrand & toutes ſes dépendances.*

(A ces derniers mots, le jéſuite qui étoit aſſis auprès du lit, parut fort étonné. L'acteur ajoutoit à ſon rôle, &

ce n'eft point ainfi qu'on l'avoit fait répéter. L'enfant
d'Ignace obferva donc au teftateur, que ces *dépendances*
étoient confidérables, puifqu'elles comprenoient *un
moulin, un petit bois, & des cens.* Mais l'homme qui
étoit dans le lit ne voulut en rien rabattre, & foutint
qu'il avoit les plus grandes obligations à ce fermier.)

Item, *je donne & legue audit* Denis Euvrard *ma
vigne fituée à la côte des Maçons, & de la contenance
de quatre-vingt ouvrées.*

(Nouvelle obfervation de la part du révérend pere, même
réponfe de la part du teftateur.)

Item *je donne & legue audit* Denis Euvrard *mille
écus à choifir dans mes meilleures conftitutions de
rente, & tout ce qu'il peut me redevoir de termes
arriérés pour fon bail de la grange de Montferrand.*

(Ici le jéfuite, outré de dépit, voulut encore faire des re-
montrances ; mais il n'en eut pas le tems, & la parole
lui fut coupée par le malade.)

Item, *je donne & legue une fomme de cinq cents
francs à l'enfant de la niece dudit* Denis Euvrard ;
fans doute que cet enfant eft de mes œuvres.

Le révérend pere étoit refté fans voix ; mais il
étouffoit de colere. Enfin, le teftateur déclara que
*quant au furplus de fes biens, il nommoit, inftituoit
fes héritiers feuls & univerfels pour le tout, les peres
jéfuites de la maifon de Befançon, à charge par eux*

de bâtir leur église suivant le plan projeté , d'y ériger une chapelle sous l'invocation de S. Antoine & de S. François ses bons patrons , & de célébrer dans ladite chapelle une messe quotidienne pour le repos . de son ame.

Tel est ce testament singulier, qui a servi de modele à celui de *Crispin* , & qui n'est certainement pas moins plaisant. Mais M. *d'Ancier* ne fit point comme *Géronte* , il ne revint pas. Sa mort fut annoncée le lendemain ; on publia le testament à l'officialité de Besançon , & les jésuites furent mis en possession de cet héritage.

Quelques années après, *Denis Fuzrard* se trouva véritablement dans l'état qu'il avoit si bien joué à Rome. Voyant qu'il touchoit à la fin de sa vie , il sentit des remords, & fit à son curé l'aveu de tout ce qui s'étoit passé. Celui-ci, qui n'avoit point étudié la morale dans les casuistes de la société de Jésus, représenta au moribond l'énormité de son crime. Ce pasteur éclairé lui dit que , devant un notaire assisté du juge du lieu & de plusieurs témoins, il falloit déclarer dans le plus grand détail la manœuvre à laquelle il s'étoit prêté , & faire en même tems aux héritiers de M. *d'Ancier* un abandon , nonseulement des biens qu'il s'étoit donnés, mais encore de tout ce qu'il possédoit. La déclaration & l'abandon furent faits dans toutes les formes, & suivis de la mort de *Denis Euvrard.*

Dès que les héritiers naturels de M. *d'Ancier* eurent en main des pieces fi fortes, ils fe pourvurent contre le teftament. Ils gagnerent d'abord à Befançon, dans le premier degré de jurifdiction. L'on en appella au parlement de Dole ; ils gagnerent encore. Une derniere reffource reftoit à la fociété, & le procès fut porté au confeil fuprême de Bruxelles. (Car la Franche-Comté foumife à l'Efpagne, dépendoit alors du gouvernement de Flandre.) Dans ce dernier tribunal, le crédit & les intrigues des jéfuites prévalurent enfin : les deux premiers jugemens furent caffés, les peres furent maintenus dans la poffeffion des biens dont ils jouiffoient, & l'on lit encore fur le frontifpice de leur églife, poffédée à préfent par le college de Befançon, *ex munificentia domini d'Ancier.*

On ne peut douter que Regnard qui voyagea beaucoup dans fa jeuneffe, n'ait eu connoiffance de cette anecdote. Il en fut vraifemblablement inftruit à Bruxelles, où il alla en 1681, c'eft-à-dire, dans un tems où l'on devoit y conferver encore la mémoire de ce fingulier procès, puifqu'il avoit eu pour témoins tous ceux des habitans de cette ville, qui fe trouvoient alors âgés de cinquante à foixante ans. Quand le poëte compofa dans la fuite fa comédie du *Légataire*, il fe garda bien de citer la fource qui lui en avoit fourni l'idée ; c'étoit l'époque de la plus grande puiffance des jéfuites : il eut donc la

L iv

prudence de cacher ce que fa piece leur devoit , & ces peres eurent la modeftie de ne pas le réclamer.

Il paroit cependant que Regnard ne s'attribua point la gloire de l'invention , ou du moins qu'elle lui fut conteftée. C'eft ce que femble indiquer un paffage du *Dictionnaire portatif des théatres. On prétend* , y eft-il dit à l'article du *Légataire , qu'un fait véritable a donné l'idée de cette piece.* Mais ce fait n'étoit guere connu que dans la Franche-Comté, où il a toujours été de notoriété publique ; & voici la premiere fois qu'on l'imprime. On doit préfumer que les jéfuites , après avoir gagné leur procès, n'oublierent rien pour anéantir la déclaration de *Denis Euvrard* , & la plupart des pieces de la procédure. Ce qu'il y a de certain , c'eft que le prétendu teftament de M. *d'Ancier* exifte encore , & que la maniere dont il eft fait , fuffiroit feule pour prouver la vérité de toute l'hiftoire.

(18)

Le ciel , qui de limon a pétri tous les êtres ,
Le trempa dans le fiel , quand il forma les prêtres.
Il n'eft point d'ennemis plus implacables qu'eux ,
De defpotes plus durs , de tyrans plus affreux.

Acte II , fcene 6.

Pour donner un exemple de ce defpotifme & de cette cruauté, nous allons tranfcrire la relation d'un

pélerinage qui fe fait tous les ans au Japon. Des
Bonzes en font les directeurs. On a peine à conce-
voir l'autorité qu'ils prennent fur les pélerins, dont
le nombre eft toujours de deux ou trois cents, &
qui font pieds nus une marche de foixante & quinze
lieues à travers des déferts affreux & des montagnes
prefqu'impraticables.

" Leurs conducteurs [1] commencent par les
„ avertir d'obferver exactement le jeûne, le filence,
„ & toutes les regles établies : après quoi, pour la
„ moindre faute, ils prennent le coupable, ils le
„ fufpendent par les mains au premier arbre, & l'y
„ laiffent expofé au plus affreux défefpoir. Dans
„ cette fituation, un malheureux à qui la force
„ manque bientôt pour fe foutenir, tombe & roule
· „ de précipice en précipice. Les fpectateurs n'ofent
„ pouffer la moindre plainte. Un fils qui pleureroit
„ fon pere, un pere qui donneroit le moindre figne
„ de compaffion pour fon fils, recevroit le même
„ traitement.

„ Vers la moitié du chemin, on arrive dans un
„ champ où les Bonzes font affeoir tous les péle-
„ rins, les mains en croix & la bouche collée fur
„ leurs genoux. C'eft la pofture ordinaire des Ja-
„ ponois pendant leurs prieres. Il faut demeurer
„ dans cette pofture l'efpace de vingt-quatre heures.

[1] Hiftoire générale des voyages, t. XL, p. 273.

„ De grands coups de bâton puniroient le moindre
„ mouvement. Tout ce tems eft deftiné à faire l'exa-
„ men de fa confcience, pour fe difpofer à la con-
„ feffion des péchés où l'on eft tombé depuis le
„ dernier pélerinage. Après cette préparation, toute
„ la troupe fe remet en marche. En approchant
„ avec de nouvelles peines, on découvre un cercle
„ de hautes montagnes, affez proches les unes des
„ autres, au milieu defquelles s'éleve un rocher ef-
„ carpé qui femble fe perdre dans les nues. Au fom-
„ met de ce rocher qui eft le terme du pélerinage,
„ les Bonzes ont dreffé une machine par laquelle
„ ils font fortir une longue barre de fer, qui fou-
„ tient une balance fort large. Ils placent les péle-
„ rins, l'un après l'autre, dans un des plats de la
„ balance, en mettant dans l'autre un contrepoids
„ pour l'équilibre. Ils pouffent enfuite la barre en-
„ dehors, & le pélerin fe trouve fufpendu fur un
„ profond abyme. Tous les autres font affis fur la
„ croupe des montagnes d'alentour, d'où ils peu-
„ vent voir ce malheureux pénitent qui doit décla-
„ rer à haute voix tous fes péchés. Si les Bonzes
„ croient s'appercevoir qu'il ne s'explique pas net-
„ tement ou qu'il cherche à déguifer fes fautes, ils
„ fecouent la barre, & ce mouvement le fait tom-
„ ber dans un précipice dont la feule vue eft capa-
„ ble de troubler fes yeux & fa raifon. Auffi-tôt
„ que l'un a fini, un autre prend fa place; & lorf-

,, qu'ils ont tous paffé par une fi dangereufe épreuve,
,, ils font conduits dans un temple de Xaca, où la
,, ftatue de ce dieu eft en or maffif. ,,

Cette dureté d'ame & ce defpotifme barbare fe
rencontrent auffi très-fouvent parmi les moines Européens. Tout le monde a entendu parler de l'atrocité de leurs punitions, de ces cachots fouterreins,
de ces malheureux qu'ils y enterroient tout vivans.
La cruauté monacale a été fi loin à cet égard, que
l'autorité civile s'eft vue enfin obligée d'y mettre
ordre. Plufieurs états d'Italie ont depuis peu de tems
foumis la police intérieure des cloîtres à l'infpection
immédiate de la police publique. On y a fur-tout
fupprimé la jurifdiction fecrette ; & le grand-duc de
Tofcane, ce prince dont le gouvernement fage &
éclairé fait l'admiration de l'Europe, a défendu l'année derniere à tous les fupérieurs de couvens, d'infliger jamais aucune punition à leurs religieux, fans
lui avoir auparavant expofé l'affaire, & fans avoir
obtenu fon confentement exprés.

Si la haine des prêtres, fi la vengeance des moines
eft ordinairement implacable, à quels excès ne la
portent-ils pas, quand au lieu d'être réprimés par
le gouvernement, ils ont l'adreffe de l'armer en leur
faveur ? C'eft le plus grand malheur qui puiffe arriver
à un état. L'on fe fouvient encore en France de la
deftruction de l'abbaye de Port-Royal. La retraite où

des favans illuftres cultivoient enfemble les lettres
& la vertu , fut traitée comme la demeure des affaffins des rois, parce que ces favans étoient les ennemis des jéfuites; & quand *Louis XIV* mourut,
M. *de Fourbonai*, ayant fait le dépouillement des
dettes de ce prince, trouva dans leur nombre *cent
trente-fix mille livres pour le pain des prifonniers
que le jéfuite le Tellier , confeffeur de fa majefté ,
avoit fait enfermer à la Baftille , à Vincennes , à
Pierre-Encife , à Saumur & à Loche , fous le prétexte
du janfénifme.*

Que dirons-nous de ce monument encore fubfiftant
de la cruauté facerdotale & de la fuperftition Euro-
péenne ? Nous frémiffons à la feule idée d'un tribunal
de moines , qui, fervi par la délation & la calomnie,
jugeant en fecret, condamnant dans les ténebres,
cachant aux accufés leurs accufateurs & leurs crimes, laiffant au gré de fa vengeance gémir fes mal-
heureufes victimes fous le poids des chaînes, dans
l'horreur des cachots & des tortures, ou les faifant
expirer au milieu des flammes, exerce au nom de
Dieu la jurifdiction la plus épouvantable qu'on ait
jamais vue fur la terre : établiffement infernal, qui
feroit abhorrer la religion , fi la religion n'abhor-
roit elle-même tous les monftres qui en ont été les
auteurs & qui continuent d'en être les fuppôts.

(19)

Que me fait donc à moi l'exemple des Dairis,
De ces tyrans sacrés, par moi-même asservis ?
Gardés dans Méaco, décorés de vains titres,
De leur religion s'ils sont encore arbitres,
Mon bras, les dépouillant de l'absolu pouvoir,
Sépara dès long-tems le sceptre & l'encensoir.

Acte II, scene 6.

Les Dairis, descendans & successeurs de *Sinmu*,
jouirent pendant dix-huit cents ans d'une autorité
illimitée, & gouvernerent le Japon en despotes absolus. Mais enfin ils commencerent à sentir que
leur puissance s'affoiblissoit. Les princes tributaires
avoient insensiblement secoué le joug. Devenus
presqu'indépendans, la jalousie les arma les uns
contre les autres, & bientôt tout l'empire fut en
proie aux guerres civiles. Dans ces circonstances,
les empereurs conferent le commandement de leurs
armées à des chefs qui, tantôt battant les rebelles
& tantôt s'unissant avec eux, devinrent les ennemis
les plus redoutables du pouvoir souverain.

Ce fut l'an 1196 que *Joritomo*, ayant triomphé
des généraux des différens partis, vint à Méaco
rendre ses hommages au Dairi, & reçut de lui le
titre de *Cubo* ou *Cubosama*, c'est-à-dire de *grand-*
général de la couronne. En vertu de cette dignité, il

prit le commandement des armées, & s'empara
bientôt après de la plus grande partie de l'autorité
civile. Depuis ce tems-là, cette charge fut pendant
quatre fiecles au Japon ce que celle de maire du
palais avoit été autrefois en France. Ceux qui en
furent revêtus la rendirent souvent héréditaire dans
leur famille, & travaillerent fans cesse à en augmenter les prérogatives, à en étendre la puiffance, &
finirent de même par ufurper tout-à-fait le trône.
Joritomo commença cette révolution, mais elle ne
fut achevée qu'environ quatre cents ans après, par le
vingt-neuvieme grand-général de la couronne. Pendant cet intervalle de tems l'empire, agité par des
divifions inteftines, fut prefque continuellement un
théatre de carnage & d'horreur. Les peftes, les fa-
mines fuccédoient aux guerres civiles ; le défordre,
l'anarchie étoient au comble ; en un mot, tous les
fléaux défoloient ce malheureux empire, quand
Taiko lui fit prendre une face nouvelle.

Ce grand homme, fils d'un payfan, s'étoit par
fon mérite élevé des emplois les plus vils au plus
haut degré de puiffance & de confidération, & le
Dairi lui donna en 1588 le titre de lieutenant-géné-
ral de l'empire : car l'autorité de ce monarque étoit
alors uniquement réduite à conférer des titres.
Celui-ci donnoit un pouvoir immenfe, mais il falloit être en état de forcer les grands vaffaux à s'y
foumettre. Ces petits fouverains, qui s'étoient rendus

indépendans de l'empereur lui-même, étoient loin de vouloir obéir à ſes officiers. Auſſi s'étoient-ils déjà ligués précédemment contre les généraux de la couronne, dont les deux derniers venoient d'être maſſacrés, & ils leur avoient fait des guerres ſanglantes. Mais ces guerres même avoient épuiſé les forces des différens princes, & préparoient leur propre ruine. *Taiko* ſut profiter habilement de l'état de foibleſſe où ils ſe trouvoient alors. Tous ſe virent en moins de dix ans contraints de rentrer dans l'obéiſſance : pour mieux les y retenir, le vainqueur porta tout de ſuite la guerre dans la Corée. Les princes tributaires y paſſerent, & cette expédition acheva d'épuiſer leurs richeſſes & de ruiner leurs forces. Ils n'obtinrent même la permiſſion de revenir au Japon qu'à des conditions fort dures & qui aſſuroient à jamais leur dépendance.

Après avoir abaiſſé les grands, *Taiko* fit des loix rigoureuſes pour contenir le peuple que pluſieurs ſiecles de guerres civiles avoient rendu ſéditieux, avide de nouveautés, toujours prêt à entrer dans les factions & à ſuivre l'étendard de la révolte. Ce prince parvint ainſi à rétablir l'ordre & la paix dans tout l'empire, mais il acheva en même tems de dépouiller abſolument les Dairis de toute l'autorité temporelle. Il eſt regardé comme le premier empereur ſéculier du Japon : ſes rares qualités lui firent donner le nom de grand ; & lorſqu'il fut mort, on lui bâtit un temple, & le monarque eccléſiaſtique le mit au rang des dieux.

Depuis cette époque, la plus célebre de l'hiſtoire Japonoiſe, les empereurs féculiers demeurent à Jedo, ville maritime, devenue capitale de tout l'empire; & les Dairis réſident à Méaco, qui en eſt éloigné d'environ cent cinquante heues. Cette derniere ville eſt à préſent pour le Japon ce que Rome eſt pour une grande partie de la chrétienté, le ſiege du gouvernement ſpirituel. Les monarques eccléſiaſtiques y occupent avec toute leur cour un palais d'une immenſe étendue; & ſous prétexte de veiller à leur ſûreté, on les y fait garder par une garniſon nombreuſe.

L'empereur féculier, qu'on nomme auſſi *Cubo* ou *Cuboſama*, va tous les quatre ou cinq ans leur rendre ſon hommage; mais il y va avec un cortege de troupes formidable, & en vaſſal qui eſt en effet le maître de celui dont il daigne reconnoître la ſouveraineté imaginaire. C'eſt, à proprement parler, une cérémonie de théatre; mais le Cuboſama ne s'en diſpenſe point, parce qu'une partie de la nation, encore pleine d'un profond reſpect pour les Dairis, les regarde comme ſes anciens & légitimes monarques. L'empereur féculier ne paroit même gouverner qu'en qualité de leur lieutenant, & pour les décharger de ſoins profanes qui ne conviennent ni à la ſainteté de leur perſonne, ni à la dignité de leur extraction divine.

Les

Les Dairis eux-mêmes ont feint de se prêter à ces idées, afin de se conserver un reste de considération, & ils paroissent dans la plus grande intelligence avec celui qui a usurpé toute leur autorité. Ils trouvent une espece de dédommagement dans les honneurs presque divins qu'on leur rend, & dans la vie molle & voluptueuse qu'ils menent. Ils ont douze femmes qu'ils épousent avec de grandes solemnités. Quand ils vont d'un lieu à un autre, ce sont des hommes qui les portent sur leurs épaules. Ils croient que la terre profaneroit leurs pieds, & que le soleil n'est pas digne de luire sur leur tète. On les sert tous les jours dans de la vaisselle de terre neuve, & l'on a soin de la briser ensuite. On imagine même que des laïcs qui oseroient en faire usage après eux, ou porter leurs habits sans leur permission, seroient punis de cette audace sacrilege par une enflure soudaine dans tout le corps.

Le domaine impérial comprend au moins la moitié des terres du Japon, outre le produit des douanes & des autres impôts. Le monarque séculier s'est emparé de tout; mais il fournit libéralement à l'entretien de l'empereur ecclésiastique & de toute sa cour. Il lui a abandonné le revenu de la ville de Méaco, & il y ajoute chaque année une très-grosse somme d'argent. Le Dairi, en qualité de chef suprème de toutes les religions, nomme encore à un grand nombre de bénéfices, à toutes les dignités

M

eccléfiaftiques, & confere tous les titres d'honneur, ce qui eft pour lui d'un produit immenfe. Il eft auffi le juge des différends qui furviennent entre les grands ; il décide leurs conteftations par des commiffaires qu'il envoie pour cet effet dans les diverfes provinces, & c'eft encore là une partie de fes revenus. Toutes ces fommes réunies forment un tréfor confidérable. Ce monarque y prend ce qu'il veut pour fes befoins & pour fes plaifirs, & il diftribue le refte à fes officiers & aux prêtres gardiens des temples. Tous les almanacs étoient autrefois compofés à fa cour ; il faut encore à préfent qu'ils y foient approuvés, & l'on ne les imprime que par fes ordres.

(20)

Les fciences, les arts & la philofophie
Commencent à germer au fein de ma patrie.
Je les ai de la Chine appellés au Japon.

Acte II, fcene 6.

Le Japon n'eft féparé des côtes orientales de la Chine que par cent foixante licues de mer. Il y a eu de toute ancienneté une communication plus ou moins grande entre les deux pays, & les Chinois fe vantent même d'avoir peuplé les isles Japonoifes. Cette prétention eft mal fondée ; & le caractere, les mœurs, l'efprit des deux nations font abfolument

différens ; mais il eſt certain que les arts, les ſcien-
ces & les ſuperſtitions de la Chine ont été ſucceſſi-
vement portées au Japon. Nous allons ici faire connoître un peu plus particuliérement ſes habitans.

Les hommes y ſont laids, mais avec l'air noble ;
& les femmes ont de la beauté, quoiqu'en général
elles ſoient très-petites. Les deux ſexes ont un égal
penchant pour l'amour. Les grands chemins, les
environs des temples, les portes & les galeries des
auberges, tout eſt rempli de courtiſannes ou d'agréables religieuſes qui rendent les mêmes ſervices. On
peut dire que ce vaſte empire eſt à la fois le temple
de la ſuperſtition & de la volupté.

Cependant les Japonois ne ſont point effém inés :
le goût & l'habitude des plaiſirs ne les ont point
énervés. Leur ame eſt noble & fiere. Sa grande
activité produit en eux une certaine inquiétude
que le repos fatigue, que la dépendance irrite, &
qui, ſi elle n'étoit contenue, occaſionneroit ſouvent
des troubles & des révoltes. Le courage, la franchiſe,
la probité & le mépris de la mort ſont en quelque
ſorte la baſe du caractere national. Les Japonois
ſont preſque tous laborieux, ſobres, eſclaves de
leur parole, ennemis de la fraude & du luxe. Ils
ont de plus l'eſprit cultivé, beaucoup de pénétration & de jugement, un goût vif pour les beaux
arts, & une grande facilité à y réuſſir. Leur poli-
teſſe eſt dégagée de toutes les minuties d'un céré-

monial qu'ils dédaignent ; leur langage eſt grave &
concis, mais familier & civil. Quoiqu'ils ne ſoient
point avides de richeſſes, leur induſtrie n'en eſt pas
moins active ; la plupart de leurs manufactures l'emportent ſur celles des Chinois, & ils ſont en tout
ſupérieurs à ce peuple dégénéré, à préſent auſſi lâche
que vain, & non moins habitué aux friponneries
qu'aux révérences.

Les Japonois ont ſur-tout l'ame extrèmement ſenſible. Ils ſont incapables de ſupporter un affront ou
la plus légere marque de mépris ; & lorſqu'ils ne
peuvent s'en venger, ils ſe tuent quelquefois de
déſeſpoir.

Leurs femmes ne ſont point enfermées, comme
en Turquie ; mais elles vivent très-retirées, dans un
appartement ſéparé, où les étrangers n'entrent pas.
Elles ſortent peu, & reçoivent rarement des viſites,
encore n'eſt-ce jamais que de leurs parens. Au reſte,
uniquement occupées de l'ordre intérieur de leur
maiſon, de la premiere éducation de leurs enfans,
& du ſoin de plaire à leurs époux, elles menent une
vie douce & heureuſe, pourvu qu'elles ne donnent
aucun ſujet de jalouſie, car leur vie en dépend. Ce
n'eſt point comme à la Chine, où les parens ſtipu-
lent quelquefois par le contrat de mariage de leur
fille, qu'elle aura de tems en tems la liberté de recevoir un amant. Cette clauſe eſt ignorée au Japon,
& l'adultere y eſt puni par le ſupplice de l'huile

bouillante. Mais les maris ont rarement recours
aux loix: ils fe font juftice eux-mêmes, ayant droit
de vie & de mort fur leurs femmes, comme les
peres fur leurs enfans, & les feigneurs fur leurs vaffaux. Cependant c'eft bien moins la crainte que
l'amour, qui retient chacun dans le devoir.

L'on s'occupe avec un foin particulier de l'éducation des enfans; elle eft égale pour les deux fexes,
& les femmes favantes ne font pas rares au Japon.
Leur inftruction, comme celle des hommes, commence par le cœur. On leur apprend dès leurs plus
jeunes ans à fe conduire par des principes d'honneur
& de raifon. Vient enfuite une étude férieufe de
leur langue, la logique y fuccede, & puis l'on paffe
aux leçons d'éloquence, de poéfie & de peinture.
C'eft avec fuccès que les Japonois cultivent tous
ces beaux arts, & ils ont fur-tout un goût décidé
pour les pieces de théatre.

Leurs comédies & leurs tragédies font divifées,
comme les nôtres, en actes & en fcenes. Un prolo-
gue en expofe le plan, la morale en forme la bafe,
en eft l'unique objet. Les fpectacles font ordinairement mêlés de danfes, & ils font partie de toutes
les grandes fêtes publiques ou domeftiques. Chaque
quartier d'une ville en paie la dépenfe à fon tour.
Les acteurs font de jeunes garçons choifis dans ce
quartier, & de jeunes filles qu'on tire des maifons
de débauche. Il faut remarquer que l'infamie n'eft

attachée qu'à ceux qui tiennent ces lieux de diſſo-
lution, & ne s'étend point ſur les jeunes perſonnes
que la pauvreté force d'y chercher un aſyle. Souvent même elles trouvent à ſe marier, après s'être
dévouées quelques années aux plaiſirs du public &
y avoir fait une petite fortune.

(21)

Du maſque de la force ils (les Jammabos) *couvrent
leur foibleſſe.*

Acte II, ſcene 6.

Cette expreſſion eſt belle ; & je peux le dire, car
elle ne m'appartient pas. Je l'ai priſe dans un ouvrage *ſur la deſtruction des jéſuites en France ;*
morceau excellent, écrit avec une impartialité phi-
loſophique, & digne de l'homme célebre à qui on
l'attribue. Voici comment s'exprime cet auteur
vraiment *déſintéreſſé.* [1]

" Ce qui eſt plus ſingulier encore, c'eſt, ﬅﬁil,
„ qu'une entrepriſe qu'on auroit cru bien difficile
„ & impoſſible même au commencement de 1761,
„ ait été terminée en moins de deux ans, ſans
„ bruit, ſans réſiſtance, & avec auſſi peu de peine
„ qu'on en auroit eu à détruire les capucins & les
„ picpuſſes. On ne peut pas dire des jéſuites que

[1] Sur la deſtruction des jéſuites en France, par un
auteur déſintéreſſé, 1767, t. I, p. 227.

„ leur mort ait été auffi brillante que leur vie. Si
„ quelque chofe même doit les humilier, c'eft d'a-
„ voir péri fi triftement, fi obfcurément, fans éclat
„ & fans gloire. *Rien ne décele mieux une foibleffe*
„ *réelle qui n'avoit plus que le mafque de la force.* „

(22)

Mais par d'heureux écrits les lettrés dès long-tems
De ce coloffe altier minent les fondemens.

Acte II, fcene 6.

Les *lettrés* forment à la Chine le premier ordre
de l'état ; car c'eft celui d'où l'on tire conftamment
les miniftres, les gouverneurs des villes & des provinces, les juges des différens tribunaux, en un
mot, tous les mandarins & tous les officiers civils
de l'empire. La nobleffe eft auffi attachée à cette
claffe de citoyens diftingués : mais fi leurs enfans
n'ont pas les mêmes talens & les mêmes lumieres,
s'ils ne méritent pas à leur tour d'être admis dans
le corps des *lettrés*, ils n'ont ni rang ni confidération, & retombent dans la claffe du peuple. La nobleffe n'eft héréditaire que parmi les princes du
fang impérial, & dans la feule famille du grand
Confucius, laquelle fubfifte encore & s'eft perpétuée
en ligne droite depuis plus de deux mille ans.

Comme on ne peut s'élever aux dignités que par
l'étude, tout le monde s'y applique avec ardeur ;

M iv

mais le talent & le mérite décident du fuccès. Ce
n'eft que par un long travail, & qu'après avoir
fubi des examens très - féveres, qu'on obtient les
degrés littéraires. Ils font refufés à un grand nombre
d'afpirans : auffi quiconque en eft une fois honoré,
fût-il né dans l'indigence, doit n'avoir plus d'inquiétude fur fon fort. Dès qu'un Chinois eft admis
dans le corps des *lettrés*, fes parens, fes voifins,
les habitans de la ville où il eft né, font de grandes
réjouiffances : tous s'empreffent de le complimenter,
de lui offrir des préfens ; on prévient fes befoins,
on fournit aux dépenfes qu'il eft obligé de faire
pour s'avancer dans cette glorieufe carriere. Il eft
infcrit en même tems fur la lifte de ceux qui doivent être nommés aux emplois du gouvernement ;
& les talens qu'il montre, la réputation qu'il fe fait,
foit dans la littérature, foit dans la philofophie ou
la jurifprudence, déterminent la rapidité de fon
avancement & le degré de fon élévation.

Tous les *lettrés* font profeffion de fuivre la doctrine de *Confucius*, & de reconnoître ce grand
homme pour leur maitre. Ils doivent en conféquence
n'être d'aucune fecte, ne point donner dans l'idolatrie de *Fo*, la même que celle de *Siaka* au Japon,
& méprifer autant les fuperftitions du peuple que
la perfonne des Bonzes. Toutes les places font rem-
plies par des hommes élevés dans ces fages princi-
cipes ; il n'eft donc pas étonnant que fous un pareil

gouvernement les prêtres foient peu dangereux.
Cependant ils confervent encore de la confidération
& du crédit. Beaucoup de *lettrés* ne font pas plus tôt
parvenus au rang de mandarins, qu'ils reviennent
aux erreurs populaires. Les uns y font ramenés par
la force des préjugés reçus dans leur enfance, les
autres par quelques vues d'intérêt, ou par le pouvoir de l'exemple. Leurs femmes font ordinairement idolâtres ; & féduits par elles, fouvent ces foibles difciples de *Confucius* invoquent les génies,
fléchiffent en fecret le genou devant les idoles, &
dès qu'ils font malades, font venir des Bonzes pour
les affifter.

Si la crédulité & la fuperftition dégradent réellement un grand nombre de *lettrés*, on a calomnié
les autres, en les accufant de donner dans un excès
oppofé. Tous ont été gratifiés du nom d'athées, parce que quelques-uns fuivent des commentaires modernes qu'on dit favorables à l'athéifme, ou plutôt
parce que les Européens ont prétendu mieux entendre le chinois que les Chinois eux-mêmes. L'empereur *Kang-hi* fut confulté fur cette queftion en 1710.
Il déclara par un édit, qui fut inféré dans les archi-
ves & publié dans toutes les gazettes, « *que ce n'é-*
» *toit point au ciel vifible & matériel qu'on offroit*
» *des facrifices, mais uniquement au feigneur & au*
» *maitre du ciel, de la terre, & de toutes chofes :*
» *que c'étoit par refpect qu'on n'ofoit lui donner*

„ le nom qui lui convient, & qu'on étoit dans l'u-
„ fage de l'invoquer fous les titres de *ciel fuprème*,
„ de *bonté fuprème du ciel*, de *ciel univerfel.* „

Les miffionnaires ne furent pas encore contens :
ils confulterent auffi les princes, les grands de la
Chine, les mandarins du premier ordre, & les principaux *lettrés*, fur-tout le premier préfident de l'académie impériale. Tous confirmerent unanimement la
déclaration de l'empereur ; tous dirent qu'en invoquant *Tyen* & *Changti*, ils invoquoient *le fouverain
feigneur du ciel, l'auteur & le principe de toutes chofes, le difpenfateur de tous les biens, qui voit tout,
qui fait tout, & dont la fageffe gouverne l'univers.*

Tels font les *lettrés* à la Chine. Il n'en eft pas de
même au Japon : ceux qui cultivent les fciences
dans cette derniere contrée, n'y forment point un
ordre de l'état, n'y prennent point folemnellement
des degrés littéraires, & font bien loin d'ètre traités
par le gouvernement avec autant de diftinction & de
faveur. Ils font à peu près comme les *gens de lettres*
en France, formant une claffe d'hommes inftruits,
dégagés des fuperftitions, & diftingués feulement
par leurs lumieres & leurs talens. On les nomme
philofophes. La fecte qu'ils compofent (fi l'on peut
donner le nom de fecte aux difciples de la raifon)
eft appellée le *Sinto*, c'eft-à-dire *la doctrine des philofophes & des moraliftes*, & ils reconnoiffent pour
chef le célebre *Confucius*, dont le nom n'eft pas moins

refpecté dans leur patrie que parmi les Chinois eux-
mêmes.

La doctrine de ce grand homme, qui fait con-
fifter le bonheur dans la pratique de la vertu & rejette tout autre culte, n'eut pas été plus tôt répandue
au Japon, qu'elle y trouva des partifans. Ils ceffe-
rent de regarder les Camis comme des dieux, &
cependant ils continuerent encore quelque tems à
fe conformer extérieurement au culte preferit par
les loix & par l'ufage. Mais ils n'eurent pas les mêmes ménagemens pour l'idolatrie étrangere. Ils ne
plierent jamais le genou devant les idoles, & furent comme la premiere barriere qui arrêta l'inon-
dation des nouvelles fectes venues des Indes. Auffi
étoient-ils également haïs par les prêtres de toutes
les religions, dont la confidération & les revenus
diminuoient à mefure que le nombre de ces philofophes moraliftes augmentoit.

Une philofophie fimple & raifonnable, qui en-
feignoit à mener une vie vertueufe, à avoir une
confcience pure, un cœur droit, qui donnoit des
leçons de juftice, de politeffe, & qui établiffoit les
maximes d'un fage gouvernement, ne pouvoit man-
quer de plaire à tous les bons efprits. Les arts & les
fciences étoient comme le partage de cette fecte. Elle
devenoit chaque jour plus confidérable. Ses livres
faifoient les délices de tout le monde; un empereur
féculier fit même bâtir deux temples à *Confucius*, &

prononça publiquement son éloge. Enfin l'on assure qu'il fut un moment où la doctrine du sage de la Chine étoit suivie par une grande partie des habitans du Japon. Mais ses sectateurs, à la fin du seizieme siecle, se virent en quelque sorte enveloppés dans la persécution qui s'éleva contre les chrétiens de cet empire.

Les prêtres & les moines, qui jusques là n'avoient porté aux philosophes qu'une haine impuissante, les accuserent alors d'être les ennemis de l'état, & de favoriser le christianisme. Sur ce soupçon, mal fondé peut-être, on proscrivit leur doctrine, on défendit leurs livres, on les obligea d'avoir chacun au moins une idole, & depuis ce tems on les a tourmentés de tant de façons que leur nombre est extrèmement diminué.

Il y a environ cent ans que le prince de *Sisen*, vassal de l'empereur & grand protecteur des lettres, voulut faire revivre dans ses états cette philosophie presqu'éteinte. Dans ce dessein il fonda une université, & les savans qui s'y rendoient de toutes parts y trouverent une protection & des faveurs distinguées. Mais les Bonzes qui se virent menacés de leur ruine, firent tant de bruit aux deux cours impériales, que le prince courut risque de payer de sa tête cette louable entreprise. Ainsi depuis l'extinction du christianisme & l'anéantissement des philosophes, le Japon, absolument fermé aux étrangers,

femble être aujourd'hui pour jamais en proie à la
fuperftition & aux moines.

On vient de voir la différence qui fe trouve entre
les *lettrés* Chinois, & les *philofophes* du Japon : mais
j'ai cru pouvoir dans ma tragédie donner à ceux-ci
le même nom, parce qu'ils fuivent la même doctrine.

(23)

Les lettrés forment feuls l'opinion publique,
Le plus grand des refforts dans l'ordre politique.

Acte II, fcene 6.

L'habile adminiftrateur emploie ce reffort avec
adreffe ; le mauvais miniftre tâche de le brifer : mais
tous fes efforts ne faifant que le comprimer, il en
éprouve bientôt la violente réaction. « Quelque
„ fort qu'on foit ou qu'on s'imagine être, dit [1]
„ un écrivain philofophe, en parlant de la com-
„ pagnie de Jéfus qui avoit vivement indifpofé *les*
gens de lettres, " il ne faut jamais fe faire des en-
„ nemis qui, jouiffant de l'avantage d'être lus d'un
„ bout de l'Europe à l'autre, peuvent exercer d'un
„ trait de plume une vengeance éclatante & dura-
„ ble. C'eft une maxime que la faveur & le pouvoir
„ même ne doivent jamais faire perdre de vue, foit

[1] Sur la deftruction des jéfuites en France, t. I,
p. 159.

„ aux particuliers, foit aux corps, & que les jéfuites
„ de nos jours femblent avoir oubliée pour leur
„ malheur. Le lion fait femblant de dormir, laiffe
„ bourdonner la guêpe autour de fes oreilles, s'en-
„ nuie à la fin de l'entendre, fe réveille & la tue. „

Quelqu'un dira peut-être que l'auteur qui parle
ainfi, devoit par intérèt ou par amour-propre exa-
gérer l'importance d'une claffe d'hommes parmi lefquels il occupe un rang fi diftingué. Mais la vérité
qu'il exprime eft aujourd'hui généralement recon-
nue : cependant, fi elle avoit befoin d'être confirmée
encore par des témoignages illuftres, en eft-il de plus
irrécufable que celui d'un homme qui joint les talens
& les vertus à l'éclat d'une haute naiffance ; d'un
homme qui, après avoir rempli avec gloire une des
premieres places de la magiftrature, a été appellé
aux fonctions du miniftere, & que l'on a vu dans
fa retraite volontaire emporter avec lui l'eftime de
fon fouverain & les regrets de la nation ? Cet homme
que tout le monde doit avoir déjà reconnu à ce
portrait, eft M. *de Malesherbes ;* & voici comment
il s'explique fur l'opinion publique.

« Il s'eft élevé, dit-il [1], un tribunal indépen-
» dant de toutes les puiffances & que toutes les puif-
» fances refpectent, qui apprécie tous les talens,
» qui prononce fur tous les genres de mérite ; &

[1] Difcours prononcé dans l'académie françoife le 16
février 1775.

„ dans un fiecle éclairé, dans un fiecle où chaque
„ citoyen peut parler à la nation entiere par la voie
„ de l'impreffion, ceux qui ont le talent d'inftruire
„ les hommes ou le don de les émouvoir, les gens
„ de lettres, en un mot, font au milieu du public
„ difperfé, ce qu'étoient les orateurs de Rome &
„ d'Athenes au milieu du peuple affemblé. „

Cependant cette claffe de citoyens fi dignes de
confidération à tant d'égards, a long-tems été né-
gligée ou opprimée parmi nous. Long-tems la qualité d'homme de lettres, de philofophe, fans laquelle on ne peut à la Chine obtenir aucun emploi,
a été en France un titre d'exclufion pour toutes les
places. On avoit même pouffé l'injuftice jufqu'à
ravir aux écrivains le droit facré de la propriété,
le droit de difpofer à leur gré des productions de
leur efprit, & de vendre librement leurs propres
ouvrages. Mais le roi vient enfin de faire ceffer une
injuftice fi révoltante. Le magiftrat à qui l'on a
confié l'adminiftration de la librairie, s'eft occupé de
ceux fans lefquels il n'y auroit ni livres ni libraires ;
il a même confulté l'académie françoife fur les
moyens de faire refpecter la propriété des auteurs,
& d'arrêter le brigandage des contrefactions. L'édit
qui vient de paroitre fur cet objet, femble d'autant
plus fage que les hommes dont il met les intérêts
fous la fauvegarde de la loi, fe trouvent rarement
favorifés de la fortune ; car, on l'a déjà dit ailleurs

[1], prefque tous les gens de lettres font nés pauvres. C'eft que le pauvre ne poffédant que fon ame,
eft, pour ainfi dire, forcé de cultiver le feul bien
que la nature lui ait donné en partage. Le riche, au
contraire, entrainé dès l'enfance vers les plaifirs qui
volent au-devant de fes pas, ébloui fans ceffe par
l'éclat des objets dont il eft environné, fonge rarement qu'il porte au-dedans de lui-même un tréfor
plus digne de l'occuper, & ne comptant jamais fon
ame dans l'inventaire de fes richeffes, il parvient
bientôt à la rendre en effet le plus vil de tous les
biens qu'il poffede.

(24)

Et quand les Jammabos feront anéantis,
C'eft la main des lettrés qui les aura détruits.

Acte II, fcene 6.

Voici ce que dit l'illuftre auteur que nous avons
déjà cité plus haut [2]. "La philofophie, à laquelle
„ les janféniftes avoient déclaré une guerre pref-
„ qu'auffi vive qu'à la compagnie de Jéfus, avoit
„ fait malgré eux, & par bonheur pour eux, des
„ progrès fenfibles. Les jéfuites, intolérans par fyf-

---

[1] *Avis aux gens de lettres*, imprimé en 1770. On
y défendoit tous leurs droits attaqués, & l'on réclamoit en
leur faveur la réforme que M. *de Néville* vient d'opérer.
[2] Sur la deftruction des jéfuites, t. I, p. 231.

„ tème & par état, n'en étoient devenus que plus
„ odieux. On les regardoit, si je puis parler de la
„ sorte, comme les grands grenadiers du fanatisme,
„ comme les plus dangereux ennemis de la raison,
„ & comme ceux dont il lui importoit le plus de
„ se défaire. Les parlemens, quand ils ont com-
„ mencé à attaquer la société, ont trouvé cette dis-
„ position dans tous les esprits. *C'est proprement la*
„ *philosophie qui, par la bouche des magistrats, a*
„ *porté l'arrêt contre les jésuites.* Le jansénisme n'en
„ a été que le solliciteur. La nation, & les philo-
„ sophes à sa tète, vouloient l'anéantissement de
:: ces peres, parce qu'ils sont intolérans, persécu-
„ teurs, turbulens & redoutables. „

Ajoutons encore, pour l'honneur de la philosophie, que si elle a détruit les jésuites en France,
elle y a en même tems adouci leur sort, & les a
fait traiter plus favorablement qu'en aucun autre
pays du monde.

(25)

Le peuple cependant, qui par-tout est le même,
Adopte avidement le merveilleux qu'il aime.

Acte II, scene 6.

Parmi la foule infinie des êtres qu'on nomme
raisonnables, rien n'est moins commun que la raison. L'usage en est rare, parce que l'exercice en est

N

pénible; au lieu que la crédulité favorife la pareffe & s'accorde avec l'ignorance. Pour la plus grande partie des hommes, & en général pour tous ceux qui n'ont pas l'habitude de la réflexion, il eft plus facile & plus doux de croire cent abfurdités que d'en difcuter une. De là vient le penchant que la multitude a toujours eue & confervera toujours pour le merveilleux. Une autre raifon peut-être, qui la porte à aimer tout ce qui eft furnaturel, c'eft que dans cette fphere, la feule où les lumieres foient fans avantage fur l'ignorance, la feule où les fots fe trouvent de niveau avec les gens d'efprit, la vanité des uns jouit en fecret de l'abaiffement des autres, & s'applaudit alors d'une égalité qui difparoit partout ailleurs.

Il n'eft donc pas furprenant que dans les tems de fuperftition & de ténebres tous les livres fe trouvent remplis de prodiges. Les moines, qui étoient alors les feuls écrivains, avoient un double intérêt à fe conformer au goût de leurs lecteurs. C'étoit ordinairement un moine qui avoit fait les miracles qu'un autre moine rapportoit, & le couvent y gagnoit toujours quelque chofe. Mais on doit s'étonner qu'à la fin du dernier fiecle le pere *Bouhours* ait ofé écrire la vie du fondateur de fon ordre, comme on a écrit autrefois les vies des peres du défert. Chaque page de cette hiftoire prétendue eft pleine de prodiges; & le plus grand de tous, felon

moi, eft l'intrépidité avec laquelle l'hiftorien infulte
fans ceffe au bon fens du lecteur. Ce jéfuite tranf-
forme tout en merveilles ; on en peut juger par ce
feul trait [1]. *Ignace* étant à Paris, alla voir un
illuftre théologien qui lui propofa de jouer au bil-
lard. L'Efpagnol accepta & gagna la partie. Alors le
docteur, homme fubtil & modefte, comprit qu'il
n'avoit pas perdu fans miracle ; & voyant le doigt
de Dieu marqué dans un événement fi extraordinaire, il rentra en lui-même, fe mit fous la direc-
tion de fon vainqueur, & *devint*, dit *Bouhours*, *un
homme intérieur.* Tout cet ouvrage, que l'auteur du
Dictionnaire hiftorique portatif appelle *un chef-
d'œuvre*, eft fait dans le même goût. Il femble, au
ftyle près, avoir été compofé par un bedeau de
paroiffe pour des tourieres de couvent.

(26)

Mais vous favez auffi pour quels grands intéréts
La Corée au Japon doit s'unir à jamais.
Il faut par ce rempart arréter le Tartare,
Dont l'abyme des mers vainement nous fépare.

Acte III, fcene 1.

La **Corée** eft une grande prefqu'isle oblongue,
qui s'avance dans la mer entre le Japon & la Chine,

[1] Vie de S. Ignace, p. 137.

à laquelle elle confine à l'ouest par la province nommée Léao-tong. Elle touche aussi du côté du nord au pays des Tartares Manchéoux ou orientaux, & elle en est séparée par une longue chaine de montagnes qui forment un rempart naturel & très-fort. Les Coréens y avoient encore ajouté une muraille qui ne le cédoit guere à celle de la Chine: mais rien ne put les défendre contre l'attaque de ces dangereux voisins, & ils éprouverent les premiers leurs armes victorieuses.

Quand les Tartares eurent conquis la Chine, ils voulurent aussi subjuguer le Japon, & parurent sur les côtes en 1284, avec quatre mille voiles & deux cents quarante mille hommes. Une violente tempête détruisit entiérement cette flotte redoutable, qui portoit le nom d'invincible; & l'on prétend qu'à peine quelques vaisseaux échapperent au naufrage & à la destruction.

Trois siecles après, le grand *Taiko* porta la guerre dans le royaume de Corée. Cette péninsule avoit été déjà conquise autrefois par la veuve d'un Dairi, célebre héroïne, qui la rendit tributaire du Japon. Mais les Coréens avoient ensuite secoué le joug, & ils étoient rentrés sous la domination de la Chine, formant tantôt une province de ce grand empire, & tantôt un état séparé, dont les rois étoient ou vassaux ou indépendans des empereurs Chinois, selon le courage des uns & la foiblesse des autres.

Lorsque *Taiko* envahit la Corée en 1592, ce fut, disent les historiens Japonois, dans la vue de se frayer le chemin à la conquête de la Chine. On ne doit pas présumer que ce prudent monarque ait jamais formé le projet d'une entreprise qui auroit eu si peu d'apparence de succès. Peut-être même n'avoit-il pas un grand desir de subjuguer le pays qu'il attaquoit. Le principal objet qu'il se proposa dans cette expédition, fut vraisemblablement d'affermir sa puissance au-dedans de son empire, en obligeant tous ses grands vassaux à épuiser leurs forces & leurs richesses dans cette guerre étrangere. Il en retira cependant d'autres avantages importans; il demeura maître de plusieurs places fortes sur les côtes de la Corée, & ces peuples devinrent réellement ses tributaires. Mais ils sont ensuite retombés par degrés sous la dépendance de la Chine, & l'empereur du Japon a paru dès lors se contenter de rester en possession des côtes, pour la sûreté de ses propres états.

(27)

Les Dairis dès long-tems étoient vos souverains,
Quand vous mîtes enfin le sceptre dans mes mains.
Ils l'avoient avili. Leur superbe indolence
De fantômes sacrés étayoit leur puissance.

Acte III, scene 4.

Il est à remarquer que dans tous les tems & dans

tous les pays on a employé les mèmes moyens pour
affujettir les peuples ; & ces moyens ont été conftamment l'oppofé de ceux qui fembloient devoir
agir fur des ètres raifonnables. C'eft avec des fables
puériles, des abfurdités religieufes, des origines ou
des miffions prétendues divines, que la plupart des
·trónes ont été fondés. On n'en fera pas furpris, fi
l'on réfléchit que les hommes ambitieux de commander ont toujours defiré que leur autorité fût
fans bornes. Ils devoient donc découler d'une fource
infinie & facrée, l'appuyer fur une bafe dont on ne
pût prendre la mefure, & placer leurs titres dans le
ciel, afin de les fouftraire aux regards & à l'examen de leurs femblables.

(28)

Des Bonzes effrontés la fordide avarice
Jufqu'au pied des autels trafiquoit fur le vice ;
Et tirant des forfaits un revenu honteux,
Ofoit vendre aux mortels la clémence des dieux.

Acte III , fcene 4.

Les Bonzes ne font pas les feuls qui vendent au
Japon ces prétendues indulgences. Les prètres des
Camis, c'eft-à-dire, les gardiens de leurs temples,
font auffi le même trafic. Ils donnent pour de l'argent, aux pèlerins qui les vont vifiter, un acte d'abfolution renfermé dans une boite fur laquelle font

écrits les noms du temple & du Canuſi. Cet acte s'appelle *offawai*, & ſa vertu expire toujours à la fin de l'année. La plupart des Canuſis réuniſſent la vente des *offawai* à celle des almanacs ; & ces deux branches de commerce, ſe ſoutenant mutuellement, ſont d'un grand produit entre les mains habiles qui les ſont toujours valoir avec beaucoup d'adreſſe & de ſoins. Ceux qui achetent une fois de cette marchandiſe, ſont aſſurés que tous les ans on leur préſentera trois choſes, une quittance du Canuſi, un nouvel *offawai*, & un almanac nouveau.

(29)

Au fanatiſme encore il manquoit des victimes.
Bientôt multipliant les temples & les crimes,
Aux peuples épuiſés ce monſtre ouvrit le flanc,
Et raſſaſſié d'or, vint s'abreuver de ſang.

Acte III, ſcene 4.

L'auteur, en cet endroit de ſa tragédie, s'eſt un peu écarté de l'hiſtoire. Quoiqu'il y ait toujours eu pluſieurs religions & un grand nombre de ſectes différentes au Japon, l'on ne voit point qu'elles aient ſouvent excité des guerres civiles. La premiere dont faſſent mention les annales de cet empire, s'éleva vers la fin du ſixieme ſiecle, pendant le regne du trente & unieme Dairi, prince crédule, ſuperſtitieux, & ſous lequel il ſe fit conſéquemment

N iv

beaucoup de miracles. Alors le culte idolâtre des Chinois & des autres nations des Indes se répandit dans tout le Japon, & l'on vit s'y multiplier le nombre des idoles, des temples & des monasteres. Ce fut dans ce même tems que vécut *Sotoclais*, le grand apôtre de ces contrées, qui parloit, dit-on, dans le ventre de sa mere, se mit en prieres dès qu'il en fut sorti, & reçut miraculeusement, à l'âge de quatre ans, les os & les reliques du divin *Siaka*.

Cependant un certain *Moria*, fameux impie, qui ne croyoit point à toutes ces merveilles, se déclara l'ennemi de *Sotoclais*, & excita de grands troubles dans l'empire. Cet homme haïssoit mortellement les idoles : il leur fit pendant deux ans une guerre impitoyable, les arrachant de leurs temples, & brisant ou jetant au feu toutes celles qu'il pouvoit prendre : mais il fut enfin défait avec tout son parti, & paya de sa tête son antipathie pour les absurdités & les prodiges de l'idolatrie étrangere.

Les Jammabos n'existoient point encore, & leur fondateur ne naquit que cinquante ans après la défaite de *Moria*. Peut-être l'exemple de ce célebre ennemi de la religion de *Siaka* donna-t-il au dévot *Giemmo-Giosa* l'idée d'instituer son ordre destiné à combattre pour le culte des Camis. Mais il est vraisemblable aussi que les troubles qu'avoit excités *Moria*, en firent craindre de pareils de la part des Jammabos, & engagerent le gouvernement à con-

tenir ou à réprimer leur zele. Ce qui me confirme
dans cette opinion, ce qui semble prouver que,
sans la vigilance du gouvernement, le fanatisme des
prêtres auroit souvent ensanglanté le Japon, c'est
une fête extravagante que l'on y célebre encore tous
les ans, & qui fut établie pour décider par les armes
la préséance des divinités qu'on adore. Des cava-
liers bien montés & bien armés se rendent à un
jour marqué sur une grande esplanade. Chacun d'eux
porte son dieu sur son dos. Le combat commence
à coups de pierre & finit à coups de sabre. Le champ
de bataille reste ordinairement jonché de morts, &
la justice ne peut en prendre connoissance. On juge
bien que la religion sert ordinairement de voile aux
animosités particulieres, & que dans cette fête, où
l'on a la permission de s'égorger pour ses dieux, la
plupart des champions ne cherchent qu'à se venger
eux-mêmes.

(30)

On ne m'a vu jamais, insensé politique,
Tourmentant mes sujets d'un zele fanatique,
Le fer toujours levé, vouloir par mes rigueurs,
Des cœurs ensanglantés arracher les erreurs.

Acte III, scene 4.

On peut me faire ici une objection spécieuse, &
peut-être même fondée à quelques égards, sur le

caractere que je donne à *Taiko*. Je le repréfente
comme un prince vertueux & bon, qui joint à de
grandes lumieres l'enthoufiafme du bien public, un
amour paternel pour fes peuples, & la haine de la
violence & de la perfécution. Cependant il perfécuta
les chrétiens, & fit des loix fi rigoureufes, qu'un
célebre écrivain de nos jours lui a donné le nom
de *tyran* [1], & l'accufe d'avoir gouverné avec un
fceptre de fer.

Je ferois en droit de répondre qu'une piece de
théatre n'eft pas une hiftoire, & qu'en mettant fur
la fcene un prince qui vivoit, il y a deux cents ans,
à fix mille lieues de nous, j'ai dû avoir la plus
grande liberté de le peindre comme j'ai voulu. Je
pourrois ajouter encore, que la tragédie devant fur-
tout être confacrée à l'inftruction des rois, j'ai
mieux rempli ce grand objet en leur préfentant
dans *Taiko* un modele à fuivre, & en mettant dans
fa bouche toutes les maximes qui doivent être
gravées dans leurs cœurs. Ces deux raifons fuffi-
roient fans doute pour me juftifier ; mais peut-être
n'eft-il pas impoffible de juftifier *Taiko* lui-même
des reproches qu'on lui fait.

[1] Voyez l'*Hiftoire philofophique & politique des
établiffemens & du commerce des Européens dans les
deux Indes*. Ouvrage immortel, & l'un de ceux qui feront
le plus d'honneur à notre fiecle.

Je conviens d'abord qu'au premier coup-d'œil ses loix paroiffent tyranniques & barbares. Elles puniffent les moindres fautes par la perte de la vie : fouvent les criminels font condamnés à expirer dans des tourmens cruels. Le fupplice ordinaire du peuple eft la croix ou le feu ; & quand les grands font coupables d'un crime capital, toute leur famille doit périr avec eux. Mais il faut obferver que cette derniere loi, la plus atroce de toutes, n'eft point particuliere au Japon : elle a pendant long-tems été en vigueur à la Chine ; ainfi ce n'eft point *Taiko* qui en eft l'auteur. Il n'a même fait, felon toute apparence, que renouveller la plupart des autres, & l'on fait qu'après plufieurs fiecles d'anarchie & de guerres civiles, on ne peut guere rétablir l'ordre & la paix que par une juftice rigoureufe.

D'ailleurs peu de nations, même éclairées, ont connu la jufte proportion des délits & des peines ; & le monarque dont nous parlons, pourroit avoir erré dans cette partie fi difficile de la législation, fans mériter d'être accufé de barbarie. Peut-être a-t-il penfé que chez un peuple qui ne craint point la mort, quiconque n'a pas été retenu par le frein de la loi, devient un ennemi trop redoutable pour la fociété, & mérite d'en être retranché. Il eft du moins certain que l'on eft encore dans le même fentiment au Japon. Kœmpfer s'y trouvoit en 1691. Si l'on en croit ce judicieux hiftorien, l'empereur qui régnoit alors étoit un prince excellent, diftingué fur-tout par une douceur & une clémence fingulieres. Ses fujets jouiffoient fous fon gouvernement, du repos & du bonheur, & cependant il faifoit obferver à la rigueur ces mêmes loix dont la févérité fonde un des grands reproches qu'on ait faits à la mémoire de *Taiko.*

On peut plus facilement encore le juftifier fur les édits qu'il publia pour profcrire la religion chrétienne. Vers le milieu du feizieme fiecle, & environ trente ans avant que ce grand homme parvint au trône, quelques Portugais, jetés par la tempête fur les côtes du Japon, furent les premiers Européens qui découvrirent ces isles. Bientôt après les jéfuites y arriverent, apportant avec eux les fciences, les arts, les curiofités de l'Europe, & cet efprit fouple & adroit avec lequel ils favoient fi bien gagner la confiance du peuple & s'infinuer dans les bonnes graces des grands. Les circonftances ne pouvoient leur être plus favorables, c'étoit un tems de trouble & d'anarchie. Les Dairis n'avoient plus d'autorité ; leurs généraux ne fongeoient qu'à conferver & à défendre celle qu'ils avoient ufurpée ; les princes & les grands n'en reconnoiffoient aucune ; & le peuple écrafé dans le choc de cette multitude d'intérêts oppofés & de diffentions domeftiques, étoit fouffrant & malheureux. Les jéfuites reçurent donc l'accueil qu'ils pouvoient defirer ; ils obtinrent la permiffion

de prêcher. D'autres millionnaires les fuivirent,
pour partager avec eux & malgré eux les travaux
apoftoliques, & le chriftianifme fit au Japon des
progrès rapides. Beaucoup de Portugais, attirés par
les gains immenfes qu'offroit à leur avidité le commerce de cet empire, vinrent encore s'y établir. I's
fe marierent avec les filles des nouveaux convertis,
époufèrent de riches héritieres, & ne tarderent pas
à fe faire remarquer par leur nombre & par leur opulence.

Quand le prudent *Taiko* fe fut emparé des rènes
du gouvernement, les yeux fe fixerent avec inquiétude fur ces étrangers & fur la multitude de profé-
lytes qu'avoit déja faits leur doctrine. Ce n'eft point
parce que c'étoit une religion nouvelle que ce prince
crut devoir la profcrire. Il feroit abfurde de le fup-
pofer, prefque chacun au Japon avoit toujours eu
la liberté de choifir fon culte & fes dieux. Ce pays
étoit de tout tems ouvert à toutes les religions, à
toutes les fuperftitions étrangeres ; on y comptoit
alors douze fectes différentes, & une de plus ou de
moins devoit paroitre un objet très-peu important.
Mais on penfa qu'il feroit dangereux de tolérer celle-
ci, parce qu'elle étoit elle-même intolérante & per-
fécutrice.

Le monarque Japonois étoit probablement inftruit des cruautés inouies, des atrocités de toute
efpece, que les voifins des Portugais . l'évangile à la

main & des moines à leur tète, avoient commifes dans le même fiecle au Mexique & au Pérou : il favoit que les Européens avoient détruit ces deux empires, en avoient exterminé les peuples, & grillé, pendu, décapité les fouverains : il favoit que leur religion avoit été la caufe ou le prétexte de toutes ces horreurs : peut-être même étoit-il informé que le pape des chrétiens avoit donné aux Portugais tous les pays qu'ils découvriroient à l'orient, & que conféquemment le Japon fe trouvoit compris dans cette finguliere donation, dont ces étrangers fe prévaudroient, dès qu'ils en auroient le pouvoir, comme les Efpagnols avoient déjà fait valoir celle qui leur accordoit les Indes occidentales.

Si, comme on a lieu de le croire, le grand *Taiko* avoit connoiffance de tous ces événemens arrivés un demi fiecle avant qu'il régnát, la fageffe & la prudence humaines dictoient néceffairement la réfolution qu'il prit de fermer fon empire à tous les peuples, & fur-tout d'en extirper le chriftianifme. Si l'on prétend au contraire, qu'il ignoroit tout ce qui s'étoit paffé dans l'Amérique méridionale, on doit plus encore admirer la pénétration de fon génie, qui lui fit prévoir que cette religion pourroit bientôt renouveller dans fes états les troubles & les guerres civiles qu'il s'efforçoit d'appaifer pour jamais. Le faîte qu'étaloient déjà les évèques Portugais, leur orgueil à vouloir imiter les plus grands de l'empire, l'infolence même de quelques-uns qui refuferent à des confeillers d'état les marques de refpect qu'on leur devoit, tout acheva d'irriter vivement ce monarque.

Le premier édit qu'il publia contre les chrétiens, fut donné en 1585, c'eft-à-dire dans le tems même où la religion qu'il profcrivoit chez lui rempliffoit la France de fang & de carnage, armoit la ligue contre le grand *Henri*, pourfuivoit à la tête des armées les proteftans échappés aux poignards de la faint Barthélemi, dévouoit les rois à l'anathême, & canonifoit les moines dont elle avoit fait leurs affaffins. Voilà comme dans ce fiecle d'ignorance & de fanatifme nos prêtres fouilloient par leurs crimes la plus pure des religions, & la rendoient odieufe à ceux qui n'étoient pas affez éclairés pour diftinguer la fainteté de l'évangile de la fcélérateffe de fes miniftres.

Cependant les foins qu'exigeoient toutes les parties d'un nouveau gouvernement, & la multitude d'objets qui partageoient l'attention du nouvel empereur, dans la grande révolution qu'il venoit de faire, ne lui permirent pas de veiller beaucoup à l'exécution de fon édit contre les chrétiens. Quelques perfécutions ne firent qu'en augmenter le nombre, & *Taiko* mourut en 1598. Il laiffa la régence de l'empire & la tutele de fon fils encore enfant, à *Ijéjas*, l'un de fes favoris : mais ce perfide, qui

joignoit à de grandes qualités une ambition plus
grande encore, vit à peine le jeune prince atteindre
l'âge de régner, qu'il lui ravit la couronne & la
vie. Pour juſtifier ſon crime, il publia que le fils de
Taiko, ainſi que la plupart des gens de ſa cour,
avoit ſecrétement embraſſé le chriſtianiſme ; & les
hiſtoriens Japonois paroiſſent en convenir. Quoi
qu'il en ſoit, l'uſurpateur, non moins politique que
ſon prédéceſſeur, entra pleinement dans ſes vues.
La conduite des chrétiens ne tarda pas à prouver
combien elles étoient ſages, & ils prirent ſoin eux-
mêmes d'en hâter l'exécution.

Les Portugais & les nonveaux convertis du Japon
conſpirerent enſemble pour faire une révolution
dans le gouvernement, & ſe rendre maitres de l'empire. C'eſt ce qu'on découvrit par deux lettres qui
contenoient tout le détail du complot. L'une étoit
adreſſée au roi de Portugal, dont les conjurés at-
tendoient un ſecours de vaiſſeaux & de ſoldats. Elle
renfermoit auſſi le nom des princes intéreſſés dans
la conſpiration, & faiſoit voir qu'ils eſpéroient tous
obtenir la bénédiction du pape. Cette lettre fut
interceptée par les Hollandois, alors en guerre avec
les Portugais, & qui deſiroient avoir le commerce
excluſif du Japon L'autre fut envoyée par les Japonois de Canton, & confirmoit le complot an-
noncé dans la premiere. L'empereur frémit en les
liſant. Vainement celui qui les avoit écrites voulut
les

les nier. Il fut, dit Kœmpfer, convaincu par l'écriture & le cachet, & périt dans le plus cruel supplice. Alors le gouvernement s'arma d'une rigueur nouvelle ; les chrétiens furent pourfuivis par-tout avec fureur, & la perfécution ne finit qu'à l'extinction totale du chriftianifme au Japon. Les Portugais en furent bannis pour jamais, & l'on en ferma l'entrée à toutes les nations étrangeres.

Les Hollandois feuls furent exceptés de la loi générale. Comme ils avoient eu la baffeffe de prêter leur fecours pour exterminer quarante mille chrétiens refugiés dans une forterefle, on leur permit de continuer à commercer avec cet empire, mais ce fut aux conditions les plus aviliffantes. Il eft même incroyable que l'appât d'un gain, devenu affez modique, puiffe encore à préfent les engager à fe foumettre chaque année à de pareilles humiliations. Dès qu'ils arrivent, on les enferme dans une isle dont ils ne peuvent fortir ; on s'empare de leurs vaiffeaux, on les défarme, on en tranfporte les canons, les voiles & tous les agrèts dans l'arfenal impérial ; on décharge leurs marchandifes, on y met le prix, & l'on affigne quelques femaines, pendant lefquelles feulement il eft permis aux Japonois d'aller faire avec eux des marchés & des échanges, fous l'infpection d'une garde févere. Le voyage qu'ils font annuellement à la cour, où ils font conduits bien plus en prifonniers qu'en ambaffadeurs, ne doit pas

O

dédommager leur amour-propre de tous les opprobres qu'ils ont à souffrir. Cette prétendue ambassade
n'aboutit qu'à s'aller prosterner devant l'empereur,
qui souvent, pour son amusement & celui de ses
femmes, les fait sauter, chanter, danser comme de
vrais baladins, & leur rend quelques·robes en échan-
ge des magnifiques présens qu'ils lui portent.

On a prétendu que ces avides négocians, pour
se conserver le commerce de ces isles, n'avoient
pas fait difficulté d'y renier le christianisme : mais
cette accusation ne paroît pas fondée. Les Japonois
seuls sont obligés de fouler aux pieds la croix ou
l'image de la Vierge, & cette horrible cérémonie se
renouvelle chaque année dans toute l'étendue de
l'empire, devant des commissaires chargés d'en
constater l'exécution.

C'est ainsi que la foi a été anéantie au Japon. Il
faut bien moins en accuser des empereurs qui sui-
virent les regles de la prudence humaine, que les
chrétiens eux-mêmes, & sur-tout leurs prêtres,
dont alors l'ignorance, l'avarice, le fanatisme &
l'orgueil remplissoient l'univers de troubles & de
carnage. Au reste, j'ai eu soin d'écarter du plan de
ma tragédie un objet si délicat. Je suppose qu'au
moment où commence l'action de ma piece, il n'y
a point encore d'Européens au Japon, & je ne fais
en cela qu'user de la juste liberté qui a toujours été
accordée à tous les poëtes dramatiques.

(31)

Peuples, rendez-en grace au fage de la Chine.
Ce changement heureux n'eft dû qu'à fa doctrine.
Fille de la raifon, elle entraîne les cœurs, &c.

Acte III, fcene 4.

Les livres de *Confucius* furent apportés à la cour du cinquante-fixieme Dairi, l'an 864 de l'ere chrétienne, & leur lecture y fit beaucoup de plaifir.

La doctrine de ce philofophe eft tout ce que la raifon abandonnée à elle-même pouvoit alors produire de plus parfait. Sa morale, il eft vrai, ne paroit appuyée que fur une bafe purement humaine ; mais elle n'en eft ni moins fimple ni moins belle. C'eft proprement la loi naturelle dégagée de toutes fortes de fuperftitions. *Pourquoi*, dit ce grand homme dans un de fes livres, *y a-t-il plus de crimes chez la populace ignorante que parmi les lettrés ? C'eft que le peuple eft gouverné par les Bonzes.*

(32)

Recherchons les talens, approchons-les de nous ;
L'art eft de les placer. Dans le rang où nous fommes,
Un prince eft toujours grand s'il aime les grands hommes.

Acte III, fcene 4.

C'eft ce qui fit la gloire de *Louis XIV*, & ce qui prépare celle du regne de *Louis XVI*. La fageffe a

O ij

jufqu'ici préfidé à tous les choix. Il femble que notre jeune monarque, en appellant quelqu'un au miniſtere, exige d'abord qu'il produiſe ſes titres, & fourniſſe une caution. Celle des uns a été l'expérience d'un grand âge, perfectionnée par les utiles leçons de la diſgrace ou de l'infortune : celle des autres, le ſuccès avec lequel ils avoient rempli des emplois importans. Ceux-là ont été déſignés par la voix publique, ſur la réputation de leurs lumieres & de leurs vertus ; celui-ci enfin a conſigné lui-même ſes droits dans ſes propres écrits, & c'eſt en ſe couronnant de lauriers dans la carriere littéraire, c'eſt en s'illuſtrant comme orateur & comme philoſophe, qu'il eſt parvenu à l'une des premieres places de l'adminiſtration.

Ce choix, juſtement applaudi & dont la France ſe félicite chaque jour, engagera peut-être à tourner plus ſouvent les regards ſur cette claſſe d'hommes qui ont embraſſé la plus noble de toutes les profeſſions, celle de penſer & de rendre leurs penſées utiles à leurs ſemblables. Les gens de lettres ſont accoutumés à mettre un grand prix à l'eſtime publique, & ils s'impoſent ſolemnellement la néceſſité d'être les plus vils ou les plus vertueux des membres de la ſociété. Les ouvrages de l'homme d'état dont nous parlons, ne ſont-ils pas un garant de ſa conduite? Tant qu'il ſe ſouviendra comment il a loué *Colbert*, peut-il n'être pas animé du deſir de l'imiter ? Sans doute cet éloge éloquent repofe toujours fur fa table, & dit fans ceffe à fon auteur : *voici la piece fur laquelle tu as confenti d'être jugé. Prends & lis ; fonge aux engagemens que tu as contractés à la face de la nation, dans le fanctuaire des lettres, & regarde tout ce que l'on doit attendre d'un directeur général des finances qui a lui-même compofé ce fuperbe morceau.* [1]

" Quand on a marché quelque tems dans la car-
" riere de la vie, quand on a réfléchi fur les jouif-
" fances que l'homme pourfuit, on a vu combien
" font courtes & bornées celles qui n'ont pour objet
" que nous-mêmes. On ne peut étendre fon exif-
" tence qu'en s'attachant à celle des autres par la
" bienfaifance. Venez le témoigner, ames fenfibles,
" qui vous nourriffez de ce plaifir, & qui, dans la
" proportion de vos forces, vous approchez du
" malheur pour le plaindre & pour le foulager !
" Mais quelle comparaifon entre vos moyens &
" ceux qui repofent entre les mains d'un adminif-
" trateur des finances ! Le cœur s'enflamme en y
" réfléchiffant. Oh ! quel plaifir dans le recueille-
" ment de la folitude & dans le filence de la nuit,
" lorfque l'univers fommeille hormis celui qui veille
" fur tous, d'élever fon ame vers lui, de fe dire à
" foi-même : ce jour, j'ai adouci la rigueur des

[1] Eloge de Jean-Baptifte Colbert, difcours qui a rem-
porté le prix de l'académie françoife en 1773, page derniere.

„ impôts ; ce jour, je les ai fouftraits au caprice
„ de l'autorité ; ce jour, en les diftribuant plus
„ également, je pourrai convertir un fafte inutile
„ au bonheur, dans une aifance générale, qui fait
„ à la fois.la félicité & de ceux qui en jouiffent, &
„ de ceux qui la contemplent ; ce jour, j'ai tran-
„ quillifé vingt mille familles alarmées fur leurs
„ propriétés ; ce jour, j'ai ouvert un accès au tra-
„ vail, & un afyle à la mifere ; ce jour, j'ai prêté
„ l'oreille aux gémiffemens fugitifs & aux plaintes
„ impuiffantes des habitans de la campagne, & j'ai
„ défendu leurs droits contre les prétentions impé-
„ rieufes du crédit & de l'opulence ! O quel fuperbe
„ entretien ! Quelle magnifique confidence de l'hom-
„ me au Créateur du monde ! Qu'il paroît grand
„ alors ! Il femble s'affocier aux deffeins de Dieu
„ même.

„ Oh ! que vous feriez à plaindre, vous qui ne
„ verriez dans les grandes places que le charme de
„ la puiffance ; vous qui croiriez qu'il eft d'au-
„ tres commandemens agréables que ceux qui an-
„ noncent aux hommes le bonheur & la paix ; vous
„ qui chercheriez dans le fommeil un afyle contre
„ vos penfées, & qui craindriez de vous fuivre &
„ de vous connoître ! Venez apprendre de *Colbert*
„ quels font les vrais plaifirs de l'adminiftration ;
„ venez appliquer comme lui vos talens au bon-
„ heur des hommes ; venez apprendre à profiter de

„ cette vie qui s'enfuit ! Heureux qui peut, comme
„ *Colbert* , l'envifager fans regret , & du haut du
„ féjour éternel entendre dans tous les fiecles les
„ bénédictions de fon pays & les applaudiffemens
„ de l'univers ! „

(33)

On verroit les talens, les arts humiliés ,
Les philofophes craints , profcrits , calomniés.

Acte III , fcene 4.

« A ce mot de philofophes , je m'arrète , dit
Apollonius dans l'*Eloge de Marc-Aurele* , ouvrage
admirable , fait pour mériter à M. *Thomas* la reconnoiffance de tous les bons rois , & pour exciter la
haine & l'effroi de tous les miniftres corrompus :
car ceux-ci ne peuvent refter auprès du trône , fi la
lumiere en approche , & ils fe rendent l'affreufe juftice de penfer qu'on confpire leur ruine , dès qu'on
parle aux fouverains de devoir & de vertu. " Quel
„ eft ce nom, facré dans certains fiecles & abhorré
„ dans d'autres ; objet tour-à-tour & du refpect &
„ de la haine , que quelques princes ont perfécuté
„ avec fureur , que d'autres ont placé à côté d'eux
„ fur le trône ? Romains , oferai-je louer la philo-
„ fophie dans Rome, où tant de fois les philofophes
„ ont été calomniés , d'où ils ont été bannis tant
„ de fois ? C'eft d'ici , c'eft de ces murs facrés que

O iv

„ nous avons été relégués fur des rochers & dans
„ des isles défertes. C'eſt ici que nos livres ont été
„ confumés par les flammes. C'eſt ici que notre fang
„ a coulé fous les poignards. L'Europe, l'Afie &
„ l'Afrique nous ont vus errans & proſcrits cher-
„ cher un afyle dans les antres des bètes féroces,
„ ou condamnés à travailler chargés de chaînes,
„ parmi les affaffins & les brigands. Quoi donc, la
„ philofophie feroit-elle l'ennemie des hommes &
„ le fléau des états? Romains, croyez-en un vieil-
„ lard qui depuis quatre-vingts ans étudie la vertu
„ & cherche à la pratiquer: la philofophie eſt l'art
„ d'éclairer les hommes pour les rendre meilleurs.
„ C'eſt la morale univerfelle des peuples & des rois,
„ fondée fur la nature & fur l'ordre éternel. Regar-
„ dez ce tombeau: celui que vous pleurez étoit un
„ fage: la philofophie fur le trône a fait vingt ans
„ le bonheur du monde. C'eſt en effuyant les larmes
„ des nations, qu'elle a réfuté les calomnies des
„ tyrans. „

Le même philofophe ajoute encore dans un autre
endroit de cet éloge: " En parlant de la protection
„ que *Marc-Aurele* accorda aux hommes utiles de
„ tous les rangs, puis-je oublier, Romains, celle
„ qu'il nous accordoit à nous-mèmes, & à tous ceux
„ qui, comme lui, cultivoient leur raifon par l'é-
„ tude? Je prends les dieux à témoins que ce n'eſt
„ point le fouvenir d'un lâche intérêt qui dans ce

„ moment me fait louer mon empereur. Si pendant
„ foixante ans je n'ai ni afpiré à des honneurs, ni
„ brigué des richeffes ; fi, aimé de *Marc-Aurele*,
„ j'ai juftifié mon pouvoir par ma conduite ; fi,
„ outragé quelquefois, je n'ai jamais répondu à la
„ haine que par des bienfaits, & à la calomnie que
„ par mes actions, j'ai peut-être le droit de parler
„ de tout ce que ce grand homme a fait pour la
„ philofophie & pour les lettres. Je ne fais fi elles
„ auront encore un jour des ennemis dans Rome ;
„ je ne fais fi la profcription & l'exil deviendront
„ encore notre partage ; mais dans aucun tems on
„ ne pourra étouffer en nous le cri de la nature
„ qui nous avertit que les peuples ont le droit
„ d'être heureux. Nous pleurerons fur les maux du
„ genre humain ; & lorfqu'en quelque partie du
„ monde il s'élevera un prince comme *Marc-Aurele*,
„ qui annoncera qu'il veut placer avec lui fur le
„ tróne la morale & les lumieres, du fond de nos
„ retraites nous leverons tous enfemble nos mains
„ pour remercier les dieux. Ici, je voudrois pou-
„ voir ranimer ma voix tremblante. *Marc-Aurele*
„ du haut du Capitole donne le fignal. Tous ceux
„ qui, dans toutes les parties de l'empire, aiment
„ & cherchent la vérité, accourent autour de lui.
„ Il les encourage, il les protege. Vous l'avez vu
„ même, étant empereur, fe rendre plus d'une fois
„ dans les écoles publiques pour s'y inftruire ; on

„ eût dit qu'il venoit dans la foule chercher la
„ vérité qui fuit les rois. Sous son regne nous étions
„ utiles. Cette gloire nous eût suffi ; ce grand homme
„ voulut y ajouter les honneurs. Il a élevé plusieurs
„ de nous aux premieres places de l'empire, & leur
„ a fait ériger des statues à côté des *Catons* & des
„ *Socrates*. Romains, si vos tyrans pouvoient sortir
„ de leurs tombeaux, & reparoitre dans vos murs,
„ combien ils seroient étonnés en voyant leurs pro-
„ pres statues mutilées & abattues dans Rome, &
„ à leur place les successeurs de ces mêmes hom-
„ mes, qu'ils faisoient trainer dans les prisons, &
„ dont ils faisoient couler le sang sous les haches! „

On pense bien que les *Zoïles* de Rome n'étoient
pas de l'avis d'*Apollonius*, n'approuvoient pas la
conduite de *Marc-Aurele*, n'applaudissoient point
à ces honneurs, à ces statues, & déclamoient toujours avec fureur contre la philosophie & les philosophes. C'est ce que font encore chez nous tant
de tartufes imbécilles & de plats folliculaires. L'auteur des *Affiches* sur-tout se distingue aujourd'hui
parmi cette troupe intrépide, & je vais parler encore une fois de M. *l'abbé de Fontenai*, avant de
l'abandonner pour jamais à son néant ou à sa gloire.

Ce satirique hebdomadaire, en rendant compte
[1] des *Oeuvres de Séneque le philosophe, traduites par*

[1] *Affiches, annonces & avis divers*, trente-quatrieme
feuille hebdomadaire, du mercredi 26 août 1778, p. 133.

feu M. la Grange, tombe d'abord fur l'éditeur de cet ouvrage, & lui reproche d'être *à deux genoux devant ce qu'il appelle les penseurs & les philosophes, tant anciens que modernes. Nous le prions*, continue-t-il, *de réfoudre cette fimple queftion : Si ces gens-là font d'auffi beaux génies qu'il le prétend, fi ce font des flambeaux de la vérité, s'ils font utiles au bonheur du genre humain, comment eft-il arrivé que leur apparition dans le monde a été l'époque de la chûte des lettres, de la corruption, de la barbarie ? Qu'on ouvre les hiftoires des Grecs & des Romains, & l'on y verra cette preuve de fait inconteftable, que toutes les vaines fubtilités ne pourront jamais affoiblir ni détruire. Aujourd'hui même (& nous le difons à regret, fans avoir le deffein d'injurier, encore moins de calomnier notre fiecle) aujourd'hui que ces meffieurs jouiffent de toute leur gloire, la décadence de la bonne & faine littérature n'eft-elle pas fenfible ?*

Il me femble que monfieur l'abbé fe preffe trop de pleurer fur nos ruines, & ce fiecle ne me paroit point fi digne de pitié. Il a produit les *Montefquieu*, les *Voltaire*, les *Rouffeau*, il s'honore encore des *Buffon*, des *Diderot*, des *d'Alembert*, des *Marmontel*, des *Thomas*, & de beaucoup d'autres écrivains très-eftimables : je ne croirois même pas difficile de montrer que les richeffes littéraires, accumulées en France depuis foixante ans, l'emportent

peut-être fur toutes celles du fiecle de *Louis XIV.*
Mais fans entrer dans une difcuffion qui exigeroit
des détails immenfes, fans entreprendre une differ-
tation inutile fur l'hiftoire des Grecs & des Romains,
je me contenterai de faire à monfieur l'abbé une
réponfe à laquelle je défie qu'on replique : c'eft fous
les *Néron* & les *Domitien* que les philofophes ont
été perfécutés ; ils ont été honorés & protégés par les
Antonins & les *Marc-Aurele* ; & il n'eft pas vrai que
leur apparition dans le monde a été l'époque de la chûte
des lettres, de la corruption, de la barbarie : car
les lettres ne font point tombées parmi nous ; car
nous ne fommes ni plus *corrompus* ni plus *barbares*
que nous ne l'étions dans les fiecles précédens, que
ne le font encore les nations chez lefquelles il n'y a
point de philofophes. Voilà *une preuve de fait in-*
conteftable, que toutes les vaines fubtilités ne pour-
ront jamais affoiblir ni détruire. Il y a plus : notre
fubtil *Ariftarque* en convient à la page fuivante, [1]
& fe dément lui-même pour louer *la Bienfaifance*
françoife, ou mémoires pour fervir à l'hiftoire de ce
fiecle.

Oui, monfieur *l'abbé de Fontenai*, en parlant des
traits de patriotifme, de générofité, de bienfaifance,
rapportés dans cet ouvrage, s'exprime ainfi : *La*
nation françoife en produit plus que toute autre ;

[1] Mêmes affiches du mercredi 26 août 1778, n. 34,
p. 135.

& l'on doit même dire à l'avantage de notre siecle,
que l'égoïsme qu'on lui a tant reproché n'en a pas
entiérement tari la source. On peut même être étonné
que dans l'espace de cinquante-neuf années, il se soit
passé tant de faits honorables pour l'humanité, les-
quels rempliffent deux gros volumes (qui certainement ne les contiennent pas tous, & où l'on a oublié
les plus intéreffans). C'eft pourtant *dans l'espace de*
ces cinquante - neuf années que la philofophie a fait
parmi nous les progrès dont s'afflige monfieur l'abbé,
& qui font, à fon avis, *l'époque de notre corruption*
& de notre barbarie.

Cet écrivain eft donc tout à la fois *Jean qui rit*
Jean qui pleure. C'eft dans la même feuille qu'il dé-
plore *la corruption*, *la barbarie de notre fiecle*, &
qu'il loue notre fiecle d'avoir *produit* une multitude
de traits de *patriotifme*, de *générofité*, & de *bien-*
faifance: c'eft dans la même feuille qu'il gémit fur
la décadence de la nation françoife, & qu'il donne
à la nation françoife l'avantage fur toute autre, du
coté des actes de *vertu* & de *véritable héroïfme.*
On ne pouvoit mieux oppofer l'éloge à la fatire, la
confolation à la douleur. L'oppofition eft même fi
forte, que beaucoup de lecteurs trouveront *Jean qui*
pleure en contradiction réelle avec *Jean qui rit*, &
ne fauront quel parti prendre entre les deux *Jeans.*
Mai quiconque fera dans cet embarras, doit, pour
déterminer fon choix, confulter le livre de *la féli-*

cité publique. Monfieur le chevalier *de Chatelux* y prouve qu'en général, loin de dégénérer, l'efpece humaine fe perfectionne tous les jours, & que la marche des fiecles nous approche fans ceffe de la vérité & du bonheur. Nous defirerions que cet homme diftingué à tant d'égards voulût donner une feconde édition de fon ouvrage. Il pourroit y faire encore des additions importantes, & répondre mieux que moi à tous les modernes *Héraclites.*

Il eft bien vrai que fi l'on jugeoit notre fiecle par les feuilles de monfieur l'abbé *Fontenai*, l'on croiroit aifément à *la chûte des lettres*, à *la corruption du goût*, & à *la barbarie des mœurs.* Les déclamations continuelles contre la tolérance, l'apologie des *dragonades*, la fatire des gens de lettres, des philofophes du premier ordre, & les louanges conftamment prodiguées aux mauvais écrivains, tout cela feroit une preuve complete. Celui qui ne liroit que les ouvrages vantés dans les *Affiches*, pourroit avec raifon pleurer notre décadence en tout genre. L'annonce même des eftampes y décele le goût du crieur, & fuffiroit quelquefois pour révolter les honnêtes gens.

J'ai été indigné, je l'avoue, en voyant cet homme, dans fa feuille du 30 feptembre de cette année, applaudir à une gravure où l'on a l'audace d'infulter la nation entiere, & de tourner en ridicule l'hommage public qu'elle a rendu à l'un des plus grands hommes dont elle se glorifiera jamais. La couronne que *Voltaire* avoit méritée par soixante & dix ans de travaux & de succès, la couronne que toute l'Europe lui décernoit depuis long-tems, & que la main de la reconnoissance, de l'amitié & des graces lui présenta le 30 mars dernier, au milieu des transports & des acclamations de Paris assemblé, cette couronne lui est ici donnée par *Arlequin. La Folie à genoux jouant du tambourin*, fait allusion aux applaudissemens universels dont le spectacle retentit alors, & *Paillasse témoignant son admiration par l'attitude la plus respectueuse (il est prosterné)* représente tous les admirateurs de ce génie immortel, c'est-à-dire, la France, & tout le monde littéraire. Voilà la gravure dont *l'idée* insolente & burlesque paroit *des plus plaisantes* [1] à monsieur *l'abbé de Fontenai.* Elle est en effet digne de lui ou de *Nicolet.*

Si quelque jour cet honnête folliculaire venoit à passer par Ferney, & que les habitans le connussent, ils l'entoureroient en poussant les cris de l'indignation & de la vengeance. *Tu es*, lui diroient-ils, *dans les lieux où le grand homme que tu n'as cessé d'outrager, a passé les vingt dernieres années de sa vie à nous faire du bien, à secourir tous les infortunés. Vois ce village florissant, Voltaire en est le créateur. Regarde ces maisons, il les a bâties pour nous,*

[1] Affiches du 30 septembre 1778, n. 39, p. 156.

il nous y a rassemblés ; nous lui devons l'aisance &
le bonheur dont nous jouissons. Tourne les yeux vers
cette église , c'est lui qui l'a élevée ; contemple ce tom-
beau, il l'avoit fait construire pour qu'on y déposât
sa cendre. C'est là , s'il fût mort parmi nous , que
nous aurions porté ses déplorables restes ; nous les au-
rions arrosés des larmes de l'amour & de la recon-
noissance , & les gémissemens de notre douleur au-
roient empêché d'entendre les hurlemens de tes pa-
reils. Mais quoique cette tombe ait été privée du dépôt
qu'elle attendoit, nous n'y venons pas moins pleurer
notre protecteur & notre pere. Nous la montrerons
à nos enfans , & nos enfans y pleureront comme
nous. Prosterne-toi , malheureux , repens-toi ; & si
tu naquis pour dénigrer les talens & pour insulter
l'homme de génie , apprends ici du moins à respecter
l'homme bienfaisant.

(34)

Rassemblez-vous sans bruit vers ce vaste portique ,
Qui des dieux d'Uranka touche le temple antique.

Acte III, scene 7.

Les temples des Camis se nomment *mias*, c'est-
à-dire *demeure des ames immortelle* . Ils répondent
à la simplicité de cette religion primitive du Japon,
& se sentent de la pauvreté des tems antiques. Ce
ne font le plus souvent que de misérables édifices de
bois ,

bois, cachés entre des arbres & des buiffons, & fans nulle décoration intérieure. On n'y trouve ordinairement qu'un miroir de métal, des morceaux de papier blanc, & quelquefois une châffe où font les reliques du Cami. Ces temples font toujours fermés, excepté les jours de fêtes : mais on en peut voir le dedans par une fenêtre grillée. Ceux qui les vifitent, fe contentent de faire une courte priere dans le veftibule, de jeter quelque piece de monnoie dans un tronc deftiné à cet ufage, & de frapper plufieurs fois fur la cloche de la porte, afin de réjouir le dieu, qui fe plaît beaucoup, dit-on, à entendre cette efpece de mufique.

Les temples du Budfo, c'eft-à-dire des idoles étrangeres, dont les Bonzes font les prêtres, portent le nom de *Tiras*, &, bien différens des temples des Camis, font pour l'ordinaire d'une étonnante magnificence. La plupart font foutenus par de fuperbes colonnes de cedre, & renferment des idoles d'un grand prix & d'une hauteur prodigieufe. On en compte trente-trois mille trois cents trente-trois dans un feul temple près de Méaco. Mais on voit à Méaco même un autre temple plus remarquable encore par l'idole coloffale qu'il renferme. Le fiege fur lequel elle eft placée, a foixante & dix pieds de haut fur quatre-vingts de large. Elle eft toute de cuivre doré. Sa tête eft fi groffe qu'elle peut contenir quinze hommes; fon pouce a près de trois pieds & demi de

P

tour, & tout le refte eft dans les mêmes propor-
tions.

Les murs de ces temples font ordinairement couverts, tant au-dedans qu'au-dehors, des peintures
les plus effrayantes. Ce font des démons d'une
figure épouvantable, occupés à infliger aux ames
qui font fous leur pouvoir, des tourmens dont la vue
fait frémir. Ces repréfentations produifent un effet
incroyable fur les perfonnes de tout ordre, & enga-
gent les grands & les petits à donner beaucoup aux
moines, pour échapper par leur interceffion à des
fupplices pareils.

(35)

Dieux ! j'abdique le fceptre, & prêt à le quitter,
En defcendant du trône, il faut l'enfanglanter !

Acte IV, fcene 7.

Quelques années après être parvenu au trône,
Taiko nomma fon neveu *Fide-Tfugu* pour fon fucceffeur. C'étoit, felon les hiftoriens, un prince cruel
& fanguinaire. Son oncle en fut mécontent ; & crai-
gnant peut-être de faire le malheur de fes fujets,
en leur laiffant un fi mauvais maître, il le força
dans la fuite à fe fendre le ventre.

(36)

Un jour un malheureux , par la vague apporté ,
Mourant fur le rivage , à mes pieds fut jeté.

Je ne sais quel hasard voulut que , plus sensible ,
Mon cœur à la pitié fut alors accessible.
Je daignai m'arrêter , & mes soins bienfaisans
Lui rendirent enfin l'usage de ses sens.

Acte IV , scene 12.

Ce qui doit mettre le comble à l'exécration que méritent les Bonzes, c'est que, non contens d'être eux-mêmes impitoyables, ils ont, selon le témoignage des jésuites, altéré le caractere des Japonois, naturellement bons & sensibles, & les ont rendus inhumains envers les malheureux. Les monstres vouloient recevoir seuls tous les dons, toutes les aumónes; dans cette vue, ils ont persuadé à leurs compatriotes que les malades, les pauvres, tous ceux, en un mot, qui sont dans la souffrance & le malheur, doivent moins inspirer la pitié que l'horreur & le mépris. Ces misérables, disent ils, justement réduits à cet état par la colere des dieux qui les punissent, sont indignes de compassion dans cette vie, & ne doivent pas attendre dans l'autre un sort plus heureux. Aussi les obligent-ils, tant qu'ils peuvent, à se séparer de la société pour aller vivre & mourir, loin de tout secours, au milieu des bois & des déserts, & dans l'horreur du désespoir.

On ne peut donc avec justice m'accuser d'avoir peint de couleurs trop odieuses ces moines qui,

P ij

faifant feuls au Japon toutes les fonctions eccléfiaftiques, font, dans ma tragédie, comme dans
l'hiftoire, appellés indifféremment du nom de *prê-*
tres, ou de celui de leur ordre.

(37)

Parti d'un autre monde & des bouches du Tage,
Sur nos bords pleins d'écueils il avoit fait naufrage.

Acte IV, fcene 12.

On ne convient ni de l'année où les Européens
découvrirent le Japon, ni du nom de celui ou de
ceux à qui appartient cette découverte : ce qu'il
y a de certain, c'eft que ce furent des Portugais,
que la tempête jeta les premiers fur ces côtes, vers
le milieu du feizieme fiecle.

(38)

Mais dès long-tems ici je prépare en filence
Un prodige plus grand, & dont l'inftant s'avance.
Il eft fous ce palais de fecrets fouterreins :
De cette poudre horrible à préfent ils font pleins.
Oui, la mort endormie au fond de ces abimes,
Y doit à fon réveil dévorer fes victimes.
Le volcan pour s'ouvrir n'attend plus qu'un flambeau,
Et tous nos ennemis marchent fur leur tombeau.

Acte IV, fcene 12.

Je n'ai point ici le mérite de l'invention, & je

ne fais que mettre fur la fcene une vérité hiftorique, connue de tout le monde.

Il n'y avoit pas trente ans que les jéfuites étoient
nés, & ils intriguoient déjà dans toute l'Europe.
Tandis qu'en France ils attifoient le feu du fanatifme & fervoient la ligue, ils cherchoient à plonger
l'Angleterre dans les mêmes horreurs. Sous prétexte
d'inftruire & de confoler les catholiques de ce royaume, ils les excitoient fecrétement à la révolte; &
dès l'année 1581, trois de ces peres y furent exécutés, comme criminels d'état. Dès lors, on conf-
pira fréquemment contre la vie de la reine *Elizabeth*; & toujours ceux qui devoient être fes affaffins, fe trouvoient y avoir été animés & encouragés
par des jéfuites. Le pere *Garnet*, leur provincial,
étoit depuis long-tems l'ame de tout ce qui fe tra-
moit contre cette grande princeffe. Il obtint de
Rome, au commencement du dix-feptieme fiecle,
deux bulles adreffées, l'une au clergé d'Angleterre,
& l'autre au peuple catholique. Le pape y traitoit
la reine de *miférable femme*, & ordonnoit qu'à fa
mort, fans avoir égard au droit de la naiffance,
on ne reconnût pour fouverain que celui qui ju-
reroit de faire régner avec lui la religion romaine.

Elizabeth, inftruite de ces complots, rendit en
1602 un édit pour chaffer de fes états tous les compagnons de Jéfus. Elle y déclare expreffément qu'ils
ont été *les confeillers des nouvelles confpirations for-*

mées contre sa personne; qu'ils ont cherché à per-
suader à ses sujets de se soulever ; qu'ils ont exercé
des monopoles pour faire contribuer à cette révolte ;
qu'ils ont provoqué les princes étrangers pour con-
courir à la tuer; qu'ils se mêlent de toutes les affai-
res du royaume, & que par leurs discours & leurs
écrits, ils entreprennent de disposer de sa couronne.

Mais quelques mois après, la reine mourut, &
les jésuites, qui étoient restés cachés en Angleterre,
continuèrent à soulever les esprits contre le successeur d'*Élizabeth.*

Bientôt en effet se forma cette fameuse conspi-
ration des poudres, le complot le plus infernal qui
ait jamais pu entrer dans l'esprit humain. Les catholiques de Londres résolurent de faire sauter le
palais de Vestminster, dans le tems que le roi, les
princes, & tous les grands du royaume y seroient
assemblés. Trente-six tonneaux de poudre furent
placés dans une cave, au-dessous de la chambre où
Jacques premier devoit haranguer son parlement.
Toutes les mesures étoient bien concertées, on étoit
à la veille de l'exécution, & le succès étoit infail-
lible, si *Perci*, l'un des chefs de cette abominable
entreprise, n'eût été sensible à l'amitié. Mais il ne
put se déterminer à laisser périr un lord à qui il
étoit fort attaché. Il lui écrivit donc, par une main
inconnue, que s'il aimoit la vie, il ne se trouvât
point à l'ouverture du parlement; & cette lettre fit

tout découvrir. On visita, par l'ordre du roi, les souterreins qui étoient sous la salle ; on les vit remplis de poudre, & on trouva un homme à la porte avec une meche, & un cheval qui l'attendoit. Les chefs de la conjuration, ayant rassemblé une centaine de leurs complices, vendirent chérement leur vie : huit seulement furent arrêtés & exécutés. Les jésuites *Oldocorne* & *Garnet* tentèrent de s'échapper, mais sans pouvoir y réussir. Ils trempoient dans cet abominable complot, & ils avoient confessé & communié les conjurés, pour les affermir dans leur dessein. On instruisit le procès des deux moines, ils furent pendus, & leur société les mit, selon son usage, au nombre des martyrs.

Le pere *Davrigni*, dans ses Mémoires de l'Europe, au dix-septieme siecle, prouve l'innocence & la sainteté de ses deux confreres par un miracle arrivé à la potence du provincial *Garnet*, & qui, au sentiment de l'historien [1], ne peut être nié que par *ceux qui font profession de ne rien croire. Une goutte de son sang*, dit-il, *tombée sur une paille de bled, y représenta son visage avec des traits si bien marqués, qu'on le reconnoissoit au premier coupd'œil.* Il faut être bien dépourvu de preuve & de sens, pour écrire une pareille ineptie, ou il faut être jésuite pour en avoir l'audace. C'est le même

[1] Tome I, page 81, édition de Paris, 1757.

pere qui, voulant juſtifier la condamnation de la maréchale *d'Ancre*, dit [1] que ſi elle n'étoit point coupable des crimes dont on l'accuſoit, elle l'étoit au moins *de leſe-majeſté divine*, & *ne ſe confeſ-ſoit plus depuis long-tems* : raiſon admirable pour être décapité ! La juſtice doit donc livrer au glaive du bourreau tous ceux qu'elle ne trouve pas entre les mains des prêtres ; & le bon jéſuite ne voit point de milieu entre le confeſſionnal & l'échafaud.

[1] Ibid. page 248.

F I N.

Fautes à corriger.

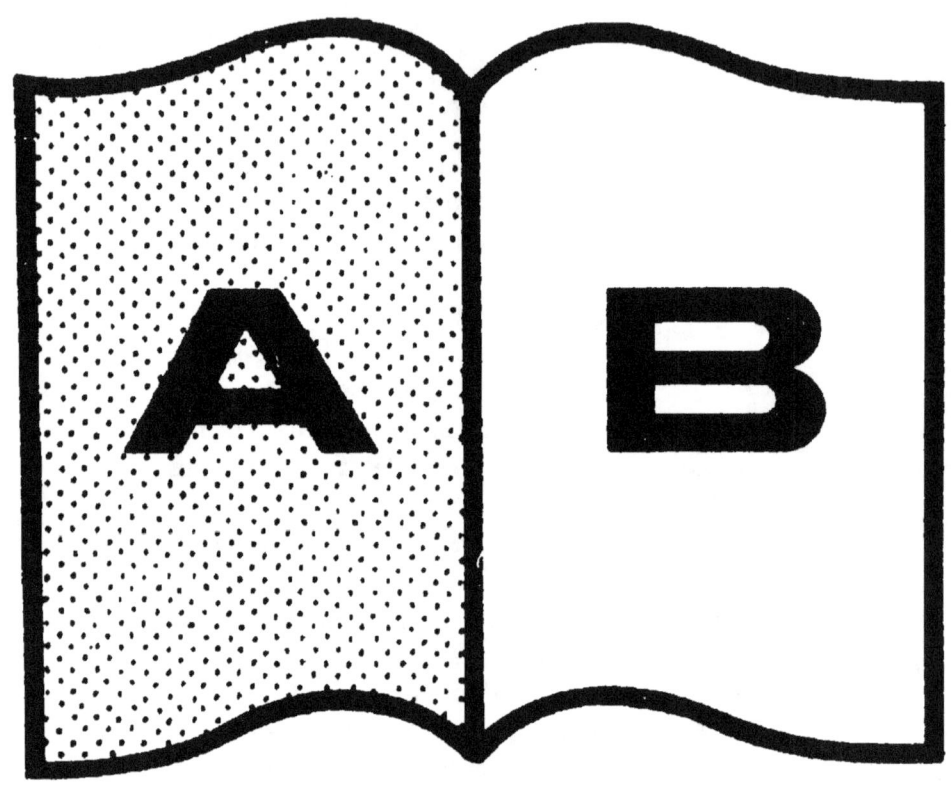

Contraste insuffisant

NF Z 43-120-14

www.ingramcontent.com/pod-product-compliance
Lightning Source LLC
Chambersburg PA
CBHW061443030726
47503CB00005B/1543